胡國瑞集

易中天
○八年七月

胡國瑞 著

上海文藝出版社

第四册

湘珍室詩詞稿

自序

余少時得《唐詩三百首》諷誦之，亦習爲吟詠。既而得《絶妙好詞箋》，遂寢饋其中，復習爲倚聲。積六七年，詩詞雜然盈册矣。及入大學，獲受教於劉弘度先生，益肆力於詞。然經歷淺狹，偶涉風情，不過牽合適我吟詠耳，乃至截斷《長門賦》揣摩賦之，以資鍛煉。然所作亦寡。及抗戰末期，感慨滋多，篇闋稍益。其間踰二十年，吮毫從未及詩，及五十年代末，斥下農村，聞見所及，始復以詩出之，是後適應所詠，詩詞間作矣。然亦牽於教學科研，無論詩詞，常數年無一題，或一歲祗數章。及浩劫驚回，世事開張，交接滋廣，感觸亦多，篇章遂稍富。計全部五七言古近體詩，幾全出於此際，而倚聲亦逾總數三之一。合計所集詩詞，起自就讀大學時，以迄於今，爲數約止三百。蓋生平吟詠，率本真情。不事苟作，即有所酬贈，亦出自情真，不欲以爲禽犢也。每忖平生經歷，形諸吟詠者，闕遺實多，嘗思有所補苴。然今兹感遇方殷，尚苦不遑措意，何有及於既往耶？近年來友輩多有勸余集以付梓者，且有樂於相助，因唸詩詞乃平生情趣所寄，積思所凝，爪跡所存，況今詩詞之道復振，公之於世，亦所以會友之一道，遂編而次之。又《論宋三家詞》爲大學畢業論文，數年致力於詞之心力總萃，其中雖不免説有未當，然品評之間，管見所及，今猶未更，而其辭采，亦凝聚匠心，不忍其隨年湮没，亦附之簡末焉。

一九九零年二月芝湘甫胡國瑞書於武漢大學珞珈山南寓居。

詩稿

歸家 一九三三年元月

夕景照殘雪，千里遊子歸。短岡見鄉市，新壘走長圍。人家何鬱鬱，叢條雜煙霏。瞻望盡故物，猶疑客夢非。

晚步 一九三三年九月

林表帶斜陽，山阿凝碧霧。一路聽蟲聲，獨尋深處去。

洪山經唐常才墓 一九三四年五月

華表名山識義魁，行人駐足盡低徊。誰憐卅載神州地，億萬生靈化劫灰。

雨後

雨後棉苗照眼明，稻田泥水鏡般平。林間布谷音空好，何用如今更勸耕。

鄉村大道

彌望廣陌接村開，夾道垂楊次第栽。行見遮空緑蔭裏，飛車如綫織黄埃。

襄陽隆中武侯祠 一九六六年三月

羣山深護龍潛處，喬木荒祠喜再新。百世高名傳一表，千秋雄略定三分。平生重爲黎元出，

意氣空酬魚水恩。遺貌莊嚴徒想象，斑斑簡册可重論。

重游隆中

羣山相伴意葱蘢，撲面不寒楊柳風。祇爲一詩吟未了，六朝兩度到隆中。

家中獨坐念珮珍 一九六九年十一月某日，余獲假自襄陽干校返家暫息，珮珍即於中宵隨隊奔赴襄陽，深宵獨坐，凄然念之。

銀燈黯淡照酸辛，稚子微鼾靜四鄰，默數行程何處所，半規新月漢江濱。

撲撲風塵走道途，心心密係故林雛。可憐戚戚慈母意，能入嬌兒夢裏無。

隆中對月 一九六九年十月隨隊赴襄陽政治干校野營，期爲一月，及期復命留下，珮珍亦隨隊來至，異營各處。

前度隆中對明月，寄書遥與老妻説：再次天清明月時，當共南窗話離別。今宵詎意清光下，翻在天涯同作客。後日弦望更如何，蒼雲變幻誰能測？回首三十二年來，酸辛多少泪盈睫！早歲寇難避烽火，奔走時時乖雙翮。晚向江城得一枝，哺育羣雛殫心力，翼成依次各奮飛，歲時暫聚共歡適。祇今八口六處分，舊歡如夢怳難掇。艱難相濡各勉力，那能兒女徒悲戚！但願人生得長健，何訪千里共皓白。

晚歸 一九七三年十月

湖山垂老許相親，朝夕何妨自在行。退食歸來雲水暗，無邊林壑散泉聲。

答朱忱（摯友詹楚琛爲朱同鄉業師）

回首總成謬誤身，湖山攜手天地新。卅年苦恨頭空白，常憶琛翁獨愴神。

費老新我自關洛東歸，枉道相過，盤桓半月，別後追寄。 一九七五年六月

喜獲平生把臂期，東湖煙水益光輝。羨公關洛窮奇跡，飫吾漢唐慰夢思。會見霜毫出新意，漫拋雪素染緇衣。東望吴越情何限，樽酒重逢應有時。

雨後東湖上望武鋼

雨後清風萬柳斜，低雲映水未歸家。如林鐵柱絳煙起，散向天邊作錦霞。

喜聞費老蘇州府第更新，聊書長句致賀

我自四海浮家客，蝸牛戴殼隨南北。羨公安居長子孫，人間天堂有古宅。聞道椽宇喜更新，經營踴躍來斯民。素壁恣教龍蛇走，盈座賓客試問津。庭户未諳難懸擬，書窗坐對渺煙水，遥知小武解塗鴉，愛傍乃祖憑矮几。

（注）：費老之孫開武，爲余之外孫。

贈李振河 李任湖北省外事處副主任，乞費老書，費老須余爲詩，因賦贈一絶。

江漢滔滔蔚人文，義幟一揮天地新。海客探奇須記取，文章萬古楚靈均。

湖邊漫步

酒後湖風拂面輕，遥山相對伴孤征，偶逢佳石流連久，無盡銀濤拍岸聲。

紀念周恩來總理八十週年誕辰

大地星沉倏二年，那堪觸處輒潸然。平生志業乾坤壯，盡瘁精神日月懸。四化遺規看電掣，九州浩氣起雷喧。耋齡一瞬人間事，不朽如公歲萬千。

高安翔惠詩却贈二首 一九七八年

五十達夫方學詩，虎頭絶藝正能痴。卅年契闊重攜手，非復阿蒙吴下時。翰苑當年惜未狂，山川滿眼焕文章。更堪蜀道驚風雨，徹夜不眠盼曉窗。

漫叟退谷（注）

使君惻隱賦春陵，杜老同時深服膺。尚想高風存退谷，石門森聳白雲蒸。

注：元結自號漫叟，家居樊口時愛游西山南谷，其友孟士源爲名退谷。

游鄂城西山 一九七八年四月

樊山鬱蟠楚江邊，蘇黄千載留名篇，咫尺舟中頻過眼，蒼翠徒勞夢縈牽。勝景盛時開昏翳，亭臺輪奐翠微間，商量遺逸及鄙拙，輕車邀載恣遨旋。試登絶頂縱望眼，溪嶺盤曲四奔延。漫驚傑

構撲東麓，回巒松柏自清妍。松風盈耳閣何處？寒溪依舊積森煙。古寺殿宇新丹雘，芳甘未改菩薩泉。吴王劍石存彷彿，陳帥屐齒痕深鮮（注）。林色深靜無桃李，山花秀媚亦可憐。大江風湧波連天，杖立宛在匡廬巔，思婦曾此苦悵望，貞心化石萬古堅。勝跡從來積歲月，勝事今朝定駢肩，更待後坐揮健筆，快摛錦綉耀山川。山川信美堪留連，我來嗟惜背月圓，且喜諸子堅後約，更待薰風時節赤足弄涓涓。

（注）：陳毅元帥曾游賞西山。

題眉山三蘇祠 一九八零年九月

峨眉翠色聳西州，山水英靈闔户收。今古蜉蝣都一瞬，文章遺愛自千秋。

悼李達校長 一九八零年十月

盡掃昏霾天地清，驚心殘魘記猶新。生靈十億真兒戲，耆德宗師是罪人。

天意何曾重斯文，萬民芻狗總非仁。遺編精義斑斑在，大覺羣生不庇身。

寄題江油李白紀念館 一九八零年

青蓮亘古謫仙人，詩篇萬代日月新，當其興酣落筆時，力撼五嶽驚鬼神。平生秉性嫉讒邪，玉環力士直游氛，長留詩名滿天地，漫嘆一命不沾身。人間但有屈與杜，文章鼎足堪作鄰。蜀中自來富文英，岷峨奇氣毓鳳麟，大鵬一去無旋返，至今猿鶴怨昏晨。嗟予拳拳草堂集，垂老猶願尋詩跡，青城峨眉霄漢間，何當追賞舊時月！

題費老法書 一九八零年

費公恣筆作龍騰，藝事從來貴意新。休訝左肱移造化，工夫到處自通神。

丹青抛却苦臨池，絶藝雕心互有師。已見龍蛇騰海内，東瀛更喜有新知（注）。

（注）：費老曾於一九七二年初在日本東京大阪舉行書展。

安翔得拙著《魏晉南北朝文學史》，惠詩讚譽却寄

常惜齊梁被惡名，雷同一氣漫相傾。狂言偶發能驚座，且喜嚶鳴得友聲。

贈陳貽焮 一九八零年十月

東風駘蕩百花開，大塊文章恣翦裁。好剩白頭勤把臂，商量今古共銜杯。

京華款洽廿餘年，江漢重逢貌愈鮮。子美義山王孟什，抽揚妙理愜人天。

割唇瘤後住醫院作 一九八一年四月

不謂垂垂老，灾生唇吻間。贅疣勞一割，創痏費三緘。學忍惟飢餓，未能是忘言。吾生隨運遇，門室漫安閒。

西湖瞻謁岳墳感賦 一九八一年八月

人間正義喜重伸，得見鄂王塋廟新。駭目神州騰劫火，傷心崑嶽碎璠珍。孱王自欲長城壞，蒼昊寧甘浩氣泯！俯仰古今同一慨，低徊庭宇獨沾巾。

游三潭印月

意隨平水遠，興逐曲欄幽。琉璃千頃碧，便作蓬萊游。

游西湖贈劉輝乙陳漢民胡文虎三君

早慕吴越山水窟，偶憑圖畫娱心目，有時魂夢徒淩虛，醒來嗟惋難追復。一朝竟來西子濱，油車彩舫恣馳逐。周匝雲峯紛高下，彌望煙水浮亭木，寺宇樓臺林壑深，虹橋軒檻看不足。蘇堤楊柳念坡仙，孤山梅竹想君復。更喜二三賢主人，相伴指點家珍熟。對此忽復憶家山，東湖浩渺清如玉，煙汀蓼嶼多素鷗，亭榭花柳如錦簇。三閭吟跡足低徊，太白詩踪堪彷彿。何日西江肯相過，攜酒呼舟弄靈淥。

游紹興東湖

我家江漢濱，屈子行吟處，東湖渺千頃，屢泛亦成趣。朅來古越東，亦臨東湖墅。鐵壁摩蒼穹，沉潭蛟龍據。棹艇入曲深，四顧無出路，仰首窺天光，如墮深井懼。豁然出清曠，一水博帶附，水

贈傑吾表弟 表弟沈俊字傑吾，少孤貧，備歷艱窶，今爲醫療機械工程師。

當日寒松三尺苗，澗陰幾欲没蓬蒿。貞心長耐風霜苦，今看龍蛇勢干霄。

秭歸瞻屈原故居

雲護林巒隱碧虚，千秋長有屈原居。一生耿耿惟憂國，同産申申任詈予。此日龍舟喧故里，當年鸞駕遽邦隅。高風蘭畹余詞賦，庭宇遥瞻泪滿裾。

寄題汨羅屈子祠

百世貞風溢騷辭，至今遺愛有馨祠。西流不盡汨羅水，難滌千秋楚客悲。

武昌東湖行吟閣

江潭憔悴行吟處，想見三閭懷百憂。已痛靈修成浩蕩，還悲鵾鴂噪林丘。從來姦蠹惟偷樂，振古忠貞不自謀。詞賦千秋留正氣，高懸日月照神州。

昭君村

壑峯萬叠峽雲間，鷄犬人家似仙班。漫道身傳餘井樹(注)，空勞目想遍溪山。胡沙何幸埋犀齒，楚水無由照玉顔。環珮歸來明月夜，回巒鳴瀨碧潺潺。

(注)：村人指示大胡桃樹云昭君手植，及楠木井云昭君汲水處。

辛亥革命七十週年感賦三首 一九八一年十月

海内幾人全？垂老感離合，中情益騰騰！願君好記取，南華第三篇。明年東湖上，相待弄涓涓。
人天。良晤何時履，抑情送歸旋。盡室相追送，風雨滿煙川。悵立看遊舟，相望漸茫然。憑欄念平生，
榻久相待。兄女喜辨闡，款洽累朝夕，飲食羅芳鮮。堅留延返期，相導歷名園。傾懷話契闊，商量極
遐邇兩華顛。殷勤結後約，十載夢縈牽。通日仗老健，雙泛申浦船。暮夜勞尋訪，歡抃華燈前。掃
卅載初遊世，共事清江邊。暇日由水際，攜惜恣狂顛。旋惑更時變，翻隔卅五年。劫餘江漢上，

滬上留別高安鵬 一九八一年九月 有作

珍重長毫養精神。老健酒邊作良會，東湖春水碧粼粼。

西湖留別費孝通

十年煙春喜蘭薰，重逢吳越敘情親。行處湖山供宴語，迎人花鳥總清新。漫勞左腕揮詩句，

（注）費孝通之，厲風高亮，明於事勢，其論著，識謝及誠，殷浩、謝萬，皆卓越流輩。

題蘭亭

由水流臨勝蹟垂，依稀風景想當時。右軍書聖堪千祀，一代人宗世應知。（注）

石大益景，巨手巧施措。造物任小大，容態無窮數。回首嘆清奇，游蹤何曾遇！

沉潭蛟龍蟄。精魂人世深，四顧無出路，仰首望天光，知陷深井底。豁然出清曠，一水帶閑流。
我來江漢濱，回首千古意。東湖衡千頃，遍泛亦成趣。點來古樓東，亦臨東湖望。幾峰齊蒼穹。

遊紹興東湖

攜酒平舟去，丹青靈深。

知玉，懂汀黎壩沙漠淵，亭樹花柳何輝錦。三閭吟罷足低徊，太白詩深甚彷彿。何日西江再相過，
翻念成仙，孤山梅下，想昔賢。更喜三三賢主人，相伴指點來參禪。對比名流憶家山，東湖浩淼連清
車紛紛來遊趣。問中雪峯紛高下，彌望煙水浮亭木，寺宇樓臺林參差，中橋斷橋不足，蘇堤塌
早慕吳越山水窟，倡遊圖書娛心目。有時魂夢往遊處，醒來塵俗難追復。一朝竟來西子濱，由

遊西湖贈劉海粟漢民胡文虎三首

意隨平水遠，興逐曲欄幽。漾遊千頃碧，願作蓬萊游。

遊三潭印月

舊吳海甘浩渺流，倚舟古今同一舸。及回溪光遍古中。

人間正義喜重申，得見閑王錢塘新。殷日申屠功大，傷心嵐滅存殘跡。厚王自欲長城壞。

西湖贈諸君讀誌感賦 一九八一年八月

昭君詠

多少蛾眉没漢宮，人間獨自表清風。甘將艷質埋沙塞，不用黄金賂畫工。

遊興山高嵐 高嵐峯巒森秀，境象幽絶。一九四一年奔赴家難，倉皇經此，不意今得重游，感而賦此。

四十年前草木腥，艱難匍匐此曾經。珠鳴幽壑闃深靜，筆削攢峯入杳冥。昔日銜哀遑駐足！今朝留賞欲鐫銘。重來好待三春候，一路清音展綉屏。

贈姜書閣教授

夙慕文林翰墨香，新來兩度沐清光。恥煩彩筆評儒法，甘抱明珠付行藏。絳帳浩然辭北國，醴筵迎得澤南邦。芸簽萬卷堪娱喜，有女能傳奕世芳。

寄贈陶先淮

岳麓山前黌宇深，隱空喬木氣森森。瀟湘自古多幽意，好理清襟自在吟。

黄州赤壁 一九八二年

孫曹戰地本分明，坡老别懷聊自賡。折戟沉沙長寂寞，江山還與詞賦清。

晚步率成

吟罷淺斟意半醺，夕陽雨霽亂蟬鳴。中伏行來無暑氣，密林滴翠有餘清。

題贈黄州赤壁賓館

曠然重阜聳高樓，赤壁西山一望收，更喜琳琅多俊秀，殷勤延客古黄州。

横空傑構楚江邊，好待遊人仰坡仙，料應清風明月夜，神歸故國亦欣然。

贈方道南(注)

赤壁磯頭過往頻，幾回攜手倍相親。東坡行處余高韻，拭目重看風俗醇。

(注)：方道南任黄岡地委宣傳部長，能詩。

古黄州懷東坡先生 一九八二年十一月

蘇子自天人，清光猶横逸，吾生艱難際，師表粲胸臆，亦復傲憂患，天開保終吉。先生憫斯民，仗義拯焚溺，一朝墮齊安，欣有魚笋吃。仍念朱陳村，催租打門急。東坡自耕耘，釜甑精玉溢，醉飽恣杖履，江山信朝夕。浩氣振古今，江月照心跡，詩賦金石聲，千秋騰健筆。遺愛楚江濱，摩天聳赤壁，過客盡低徊，高風若可挹。人間九百載，宇宙駒逝隙，慨予生也晚，軼塵嗟何及！七集富山海，蠡管渺難測，終身勤服膺，禦侮堪肆力。

西塞山

羣馬赴江皐，一駒先臨水，何時縱飲足，飛躍竦燕市。

寄呈東潤師

翻騰世事幾遷移，猶喜中江有我師。當日良規雖記取，覺來已是廿年遲(注)。

(注)：一九三六年武漢大學畢業時，師曾規以須事科研，直至一九五四年始悟從事。

贈霍松林教授 一九八三年六月

士林聲氣久爲鄰，劫後頻逢情愈親。天意斯文應不没，人間策府要璠珍。

曩於歸元寺爲嶺南老畫家黄獨峯題牡丹圖，近承惠賜木棉一幅，書此致謝

翰墨丹青自比鄰，歸元舊誼喜猶新。惠我木棉三丈本，壁間長駐嶺南春。

聞新我兄嫂飛抵新疆西陲喀什

耋齡翁媪不猶常，雙跨銀鳶集崑崗，收拾天山六月雪，歸凝毛穎發寒光。

贈張敍之(注) 一九八三年十一月

卅載辛勤簿領間，詩書長在潤心顏。無邊桃李蒙恩澤，江漢滔滔自不言。

注：敍之長期任湖北教育領導工作。

贈劉鋒如教授 一九八三年十一月

摩詰無言意自溫，四時氣備道心存。士林勝喜新知樂，垂老海溽又識君。

寄日本友人村上哲見 一九八四年元旦

唐宋文章結勝因，共欣瀛海有交親。舉杯天外遥相屬，還慶同逢甲子春。

偶　感 一九八四年三月

旭日園林劍氣森，延年有術盡堪尋，莫憑空索人間米，身手好酬四化心。

題費老兄嫂天山簪花儷照

笑插鮮花當畫眉，天山林麓石參差。歡情此際應何似？六十年前合巹時。

洛陽師專某君以師專將昇爲洛陽大學，並創刊學報，乞爲題詩，爲賦二絶

黌宇增崇氣象新，坫壇高起好論文。時來萬物皆歡愜，秋菊春蘭各自芬。

洛下風流自古傳，何須瞠目悵前賢。河嶽英靈終不絶，異時回首益芳妍。

贈成都屈原問題討論會。會議中心問題爲駁屈原否定論 一九八四年五月

靈均日月麗中天，志行文章萬代傳。無賴游氛爭掩翳，清風一掃自昭然。

西行即興六首 一九八四年八月赴蘭州出席唐代文學會第二屆年會，就訪敦煌陽關，有感輒詠，得詩六首

度隴山

垂老勝情尚未闌，欲尋奇跡出陽關。不愁鞍馬延時月，臥聽車聲貫隴山。

發蘭州

余生何幸樂時休，耋歲猶堪作壯遊。料應老妻熒幕畔，寒暄晴雨記蘭州。

車上望祁連山

乘輿西來直向邊，車窗終日對祁連。漢皇着意嫖姚塚，截取岑巒若個巔？

過烏鞘嶺

九曲黄河濁浪奔，萬源功過倩誰評？烏鞘嶺下西流水，石瀨潺潺猶自清。

夜發敦煌

中夜輕車逐行期，燈光劃野四天低。濃陰隱隱時一見，幾處緑洲睡夢時。

陽關烽燧殘築

莽莽黄沙四接天，燧墩殘築獨巍然。磧中古道無踪跡，西出關城何處邊？

隴右行 一九八四年八月

西出隴右向大漠，垂老得此甚非惡。飛車一夕越酒泉，平明已入瓜沙郭。石窟歷罷訪陽關，心馳漢唐臆磅礴。渥洼澄明想神駒，祁連迤邐念衛霍。長雲猶暗雪山巔，玉門沙磧無垠堮。萬騎曾此奮追逐，烟塵囂空撼山嶽。將軍白發可曾歸！士卒霜月泪空落。千載隱隱作長城，百世悠悠仰雄魄。如今封域一大家，往事紛紛真蝸角！好翻沙漠成緑洲，涼州歌舞益豐樂。翹首更望天山南，于闐輪臺豈容略！且待翌日跨銀鳶，試探耿泉應未涸。

過烏鞘嶺

幼讀輿地書，記得烏鞘嶺。今日飛車過，墨雲壓山頂。

蘇軾學會第三届年會在惠陽召開，余因故未克赴會，書此致意

讀公惠州詩，掩卷每神往，竄身嶺海間，栖止何鞅掌！瘴癘自等閑，荔桔甘飽享。羅浮可忘歸，佛跡恣狂想。放浪造化中，寸田絶榛莽。至今循遺跡，高風猶可仰。今歲有佳期，方擬作勝訪，何意遭拘牽，南望空悵惘。高朋講論餘，相攜快遊賞，拾瑶滿錦囊，千里庶見餉。

游安陸白兆山懷李白 一九八四年九月

久慕白兆山，太白栖隱處。勝境絶人寰，林壑協幽趣。我來快登臨，千載想神遇。岑嶂勢依然，欣會謫仙句。巖嶺勞攀躋，峯巒鬱回互。造化閟精靈，設爲養賢具。當年讀書堂，至今余丘阜。桃花竟杳然，流水尚如故。洗筆傳古池，遺愛不足據。所嗟草樹空，烟雲難久駐。古寺新毀夷，深恨欲誰訴！賴有名詩篇，江河長流注，清輝照歸山，遊賞來衆庶。天宇日澄明，山容益修嫮。

襄陽覽勝 一九八四年十一月

襄陽饒勝概，萬古美山川。遠水浮天末，晴嵐滿户前。傑樓殷地起，長橋映波懸。還念孟夫子，臨風一悵然。

重遊隆中

時泰隆中喜再尋，古祠喬木益森森。忍抛泉石酬三顧，想見悠悠抱膝心。

重遊隆中有懷武侯

中原逐鹿幻龍蛇，梁甫長吟意自賒。身隱林泉同霧豹，才鄰管樂豈匏瓜！三分未竟平生志，五出空興後世嗟（注）。關洛奕棋都逝水，千秋汗簡自光華。

（注）：據《蜀志諸葛亮傳》，亮凡五出伐魏。

自岳陽返長沙途中 一九八四年九月

暮色沉沉下碧空，新蟾脈脈懸玉弓。老妻此際若相憶，人在車聲四野中。

贈竟陵派學術討論會 一九八五年四月

一代宗風起竟陵，别裁真僞辨淄澠，如今浩蕩春無際，欣看幽花發素馨。

偕黄鶴樓筆會同人乘揚子江號旅遊船西遊長江勝景感賦 一九八五年四月卅日

不向西江四十年，東風吹上旅遊船。依然岸柳江天闊，尚想峽雲詩句妍。勝會方欣饒宿將，文壇旋看富新篇。荆宜鄉里經由地，應感滄桑意萬千。

三峽詠 一九八五年五月三日

誰令楚蜀交，山川鬱盤結，羣峯勢干霄，迅流逐岸折。鐵壁緊扃閉，朝宗志果決。回合瀆若盡，路轉谷頓豁。寒樹榮冬夏，煙靄時明滅。黄牛與神女，意象盡傳説。造化費工巧，夷險應世别。憶昔羅險灘，懸瀑驚魚鱉。舟子折檣櫓，漂蕩隨波没。崆嶺及灔澦，行人心膽裂。如今絶踪影，洪波可横截。月黑風雨夕，樓船無暫歇。彩燈耀森峽，長笛聲清越。遂教古畏途，五洲竟來客。華舟席無虚，勝景爭追攝。我當少壯時，來往困騷屑。何期詩壇秀，勝遊及老拙。奇險窮搜覽，但憂才力劣。惟當貯腹笥，從容勉自竭。

重到南昌呈胡守仁鄧鍾伯二學長

早識師門胡鄧賢，信翁常喜有薪傳，當時行末企豐采，中歲氛祲隔講筵。老健頻欣同語笑，憂患端合付雲烟。江西自古風流地，好理瓊編珠璧聯。

（注）：徐師天閔號信齋，常讚胡鄧二君爲其得意弟子。

酬劉方元 劉君畢業於湖南藍田師範學院

十載顛狂耆舊稀，士林還喜得新知。藍田新火堪傳世，桃李贛江雨露滋。

酬陶今雁

當時廣座自崢嶸，曾喜起予畏後生。橘綠橙黃秋正好，相看白發不須驚。

酬賴雪心

猶記殷勤款洽時，重來慚忝惠新詩。羡君快作嫏嬛主，良玉生煙定可期。

贈日中友好九州各縣總聯盟吟詩舞劍訪華團

斯文骨肉久相親，唱和還欣來往頻。耆度應驚風景異，名樓傑聳楚江濱。

青塚行 一九八五年九月

我自荆楚客，曾弄香溪水，流連俗傳井樹間，咨嗟江山美。可憐艷質去不還，空道月下歸佩環，至今塞外留青塚，千秋荒原作壯觀。當年仰天長嘆息，甘將玉顔委絶域，屈抑自有寧胡功，狷介應著騷人跡。蛾眉終悲自古同，昭陽長門轉眼空，塞北江南生死處，我獨低徊仰高風。

洛陽即興 一九八六年四月

撲面楊花舞迴風，省識洛陽春意濃，試探牡丹初綻朵，無邊光景孕芳叢。

祝賀中國屈原學會第二次學術討論會在富陽召開 一九八六年五月

屈子高風萬古崇，弘揚精義亦何窮，喜聞羣彥又雲集，抒播騷情滿浙中。

將遊栗里先寄星子縣徐新傑 一九八六年七月

吾慕陶靖節，行己得情真，決然脱世網，長作隴畝民。運遇委大化，寸田無纖塵。琴酒聊適意，自欣羲皇人。高風堪勵俗，昭明識鳳麟。栗里存往跡，千載猶可親。遺澤綿鄉井，定見習俗淳。願得遊心目，束裝佇良辰。

題九五節母機織圖

堅持柏節近期頤，六十生涯寄鳴機。積善自饒餘澤在，喜看孫枝耀錦輝。

題武漢文學自修大學首屆畢業生紀念册

用足三餘極苦心，欣看桃李滿園春。好舒才智澤邦國，學海騰聲定有人。

奉贈熊全治姻兄 一九八七年四月

初逢談笑見天真，省識頻歸海外心。垂老鶺鴒情意切，神州四化縈念深。

題華鍾彦編詩詞精選 一九八四年八月

江河萬古自長流，風雅遺音被九州。奕世英靈終不絶，無邊光景發新謳。

悼念黃耀先先生逝世三週年

墳壠三聞宿草新，雲山東望一沾巾。經笥長埋何限恨，竟教五老絶音塵。

（注）：劉永濟、劉博平、徐天閔、席魯思、黃耀先並稱武大中文系五老。

園田八郎遠惠玉音及合照彩相多幅，賦酬七絶一首 一九八七年八月

隔海鴻音落漢濱，欣然並影見情親。白雲黃鶴多幽思，吟唱何妨來往頻。

題安陸李白紀念館 一九八七年八月

太白出蜀初，逸志振鵬翮，海天縱游回，戢翼來夢澤。翔集栖遑垂十年，文章長耀楚山川，長史裴李真瑣瑣，遂令交臂失豪賢。平生壯懷在濟世，何曾低眉向權貴，遺恨縱横志未酬，詩名千載身後事。我來策杖尋遺踪，白兆崢嶸氣自雄，桃花祇今無覓處，出谷流水尚淙淙。巖壑森森實堪羨，曾陪杖屐侍歡宴，誰挽西日使倒流，執鞭掃門亦歆願。故國黎庶追慕深，時泰宫館簇園林，長存勝跡在天地，溳水悠悠共此心。

寄題江油海燈法師武館 一九八七年九月

法海無邊俠義深，風塵一世氣森森。老開武館涪江上，日月昭昭報國心。

挽華鍾彦

噩報傳來骨暗驚，詩壇遽喪老成人。音容苦憶情猶昨，書札重開墨尚新。勤採珠璣存雅道，頻申歌詠見醇真。夷門他日如過往，應對遺居泪滿巾。

戊辰中秋前二日晚與助教班諸君歡會

桂蕊浮香旻氣清，珞伽又喜聚羣英。今宵無限好風景，應比中秋月更明。

題彭繼良詩詞集

老去何甘作退翁，細調宫羽譜新風，詩騷萬古儀型在，採菽中原自不窮。

賀孝感詩詞學會成立

麗日遲遲淑景清，詩壇新築聚羣英，風騷美刺儀型在，採菽中原揚楚聲。

紀念「五四」運動七十週年

高標德賽豎虹旗，七十年前震鼓鼙。欲振炎黃光四化，津塗捨此欲何之。

五四運動七十週年感賦

俊髦啓佳節，高標德與賽。洶濤撼九州，聳魄發矇聵。文明啓新運，先覺紛馳邁。仁人爭獻身，正氣齊嵩岱。回首七十年，憬然悲一嘅。歲月逝悠悠，騰躍千百怪。愚公枉移山，太行巍然在。愚民同頑石，象人焉足賴。放眼寰宇間，新潮日澎湃。民智齊爭先，庠序理莫大。如何肉食徒，蓬

心固昏闇。困蔽眉睫間，失計百年外。憂心痛如焚，畫餅習狡獪。緬懷德賽公，萬民重心戴。神州拯陸沉，寶法莫能代。此日非疇昔，昏愚何可再。視聽係天民，大任豈容貸。

贈楊明照教授 一九八九年八月

校釋雕龍有我師，范黄鼎足見徵詞（注）。彦和不朽功臣在，裁酌羣言著拾遺。

（注）：楊先生著《文心雕龍校注拾遺》引用書目所列《文心雕龍》著作，於近人僅列黄侃先生《文心雕龍札記》、范文瀾先生《文心雕龍注》及劉永濟先生《文心雕龍校釋》三種。

别東湖寓居 一九八零年夏，學校收回東湖教師住宅，遷往二區舊處，悵然賦此，至八年句即輟置之。偶檢舊稿，重申曩懷，遂足成焉。

劫餘魂定江漢間（注一），庭院清疎屋二椽。當窗迎面東湖水，烟波浩渺極昊天。重開敝篋陳書史，著論不必藏名山。丹青翰墨恣偃仰，歌哭分此終天年。孰知斯願有翻復，八年詎忍重移遷。人生常自如磨蟻，何用作意且隨緣。新居亦鄰舊逐户（注二），得旋兒輩亦欣然。祇此湖山最佳處，他日應勞夢魂顛。吮毫耽思對煙水，開編常如在眼前（注三）。人生行處皆陳跡，豈堪二鐫心田。異時相思重過往，堤樹橋影俱如仙。

（注一）：文革中全家下放沙洋農場，七三年春召回。

（注二）：余家居二區逾二十年，文革中被逐出。

（注三）：拙著《魏晉南北朝文學史》成於東湖寓宅。

獨坐 一九八九年八月十三日

獨坐花陰下，扶疏濃淡影。窺林見半月，斜對孤炯炯。暗香來馥馥，彌覺夜氣静。坐久漸自忘，忽驚肩背冷。萬籟聲有無，益憐清宵永。

移居 一九八五年夏，移居珞珈山南麓，迄今四載，追憶昔情，欣然補詠之。一九八九年九月六日。

盛暑移新居，密處南山麓。北窗迎高林，森緑清心目。倏然好風至，中堂忘煩燠。怡然想淵明，高趣良可復。羲皇常在邇，心曠意自足。

寄題馬鞍山李白紀念館 一九八九年十月

太白捉月赴水死，自是齊東野人語。牛渚從來多異聞，口實最此騰海宇。青蓮乃是古謫仙，囊括大塊自得天，遊戲人間六十載，爲留琳琅詩千篇。讀公詩篇神長往，欲尋詩跡恨鞅掌，就中謝家有青山，何日幸得一瞻仰。採石士庶情意濃，宫館輪奂揚高風，搜索逸遺遍域内，草堂典册雄江東。

祝熊全淹親家八十初度

少壯黌宫自雁行，還欣垂老同退藏，湖山喜作美姻眷，攜手期頤二十霜。

祝費老兄嫂九十雙壽

九十齊眉世所稀，期頤跬步好攀躋。何當再踏天山雪，一笑簪花四望低。

爲全國盆景展覽題三景

組景文房清玩

古木低昂鬆皮間，傾欹蟠曲萬千般。文房耽玩沉吟久，會作淩雲合抱看。

盆松龍騰虎躍

枝如龍勢騰霄漢，根似虎形伏草間。爲謝江東神妙手，功侔造化盡雕刓。

盆松曉雲習武

綠雲冉冉歲寒姿，低舒長臂託芳蕤，屈向泥盆淹歲月，相看一似在瑶池。

費老將續出書集囑題二章

絕藝由來不自封，常教毫穎出新風。吳興書叟肚猶健，筆陣如今變未窮。

漢魏碑銘寢饋深，神明行草氣森森。天驚石破驚臺北（注），想見悠悠赤子心。

（注）：一九八九年七月，大陸名書法家在臺北舉行書展，費老「石破天驚」爲臺人士極口讚賞。

贈唐生翼明 一九八九年十一月

當日欣看吾道東，超騰溟渤鼓鵬風，文章有價堪華國，試待虬髯域外功。

悼余耀生逝於美國

頻年期一晤，斯願竟千秋。常訝音書闊，每懷生死憂。同袍存厚誼，隔海阻綢繆。已矣今何道，東望泪浸眸。

題菊花圖

曾圍陶令泛杯酒，還爲楚臣薦夕餐。更喜高標鮮化筆，長留秋色照人間。

振鐸老畫家擬取《橘頌》詩意表之丹青，囑題小詩

挺生南國鬱青林，朱實芬芳片片心。剡棘曾枝饒勁節，同留好景一冬深。

題畫蘭

三閭當日佩蘭蓀，詞賦千秋齒頰芬。自有聞風相慕悅，莫憑芳潔妄當門（注）。

（注）：劉備將誅張裕，「諸葛亮表請其罪，先主答曰：『芳蘭當門，不得不鋤。』」（見「蜀志」卷十二）

題葡萄圖

博望當日鑿空回，渥窪苜蓿並東來。今看翠蔓纍珠碧，是處閑庭隨意栽。

題畫竹

直節更虛中，儼然君子性。搖曳清陰下，羣雛生意奮。

贈杭州賓館

岳墳東畔聳瓊樓，好爲湖山延勝流。他日試尋鴻爪跡，盡憑醉墨著陽秋。

蘇杭運河夜航

多情皎月照川明，似慰憑欄不寐心。一夜船聲輕浪裏，垂楊夾岸影森森。

贈杜蘭亭 一九九零年四月

申浦繁華地，騷雅蛟龍窟。百年標風會，四海沾膏馥。晚近有杜子，毓鱗事簡牘，餘興寄高詠，工力追先躅。我昔曾邂逅，懵然昧凡目，幸因賢東床，得聞韶濩曲。聲氣一朝通，應求無饜足。惠我飲河編，爛然珠盈櫝。錦綉極匠心，真素浹肌骨。吟哦長精神，捧玩輒三復。翻悔覿面初，朱弦未一觸，衰暮喜新知，蹉跎七年倏。悵望江東雲，笑語何由續。滬漢一水通，況有長房術，各自崇老健，斯願豈緣木。念此意欣然，嘉會來應速。

江上望廬山 一九九零年六月

江上碧橫千萬峯，白雲處處起從容。何當再踏山南路，雙劍峯陽覓舊踪。

酬胡守仁 一九九零年六月

頻歲慵奔走，欣聞五見招（注）。耄耋歡會數，炎暑敢辭勞！豐膳飫高誼，華章仰鳳毛。東湖煙水闊，何日共遊遨。

（注）：守仁教授數邀爲其主持研究生答辯會，此爲第五次。

遊青雲浦八大山人故居 一九九零年六月

驅車青雲浦，重來訪幽居。中堂陳手跡，簡古想清癯。後園茂篁竹，森然萬千株。溝池澄寒渌，夏木影扶疏。高阜聳墳塋，喬松映碧虛。俯首念西山，艱難采薇夫。

重遊西湖 一九九零年六月

重遊西湖上，山水倍相親，行處徵舊跡，杖屐自精神。靈隱愜幽趣，士女徒紛紜；龍井與虎跑，深靜最可人。三潭展清曠，南山對氤氳，造化實工巧，島心波粼粼。周遭叠峯嶺，勝探不及申。嗟予已耄耋，猶無自在身，何由縱輪掉，一窺異境新。

晚步西湖柳浪聞鶯處小坐

遊侶紛如織，湖山垂暮時。茫然煙水外，如夢遥峯低。

滬上趨晤水因詩老歸後却寄 一九九零年六月

乘興東來懷萬千，共欣促膝意綿綿，多君憐我如兄弟，夜雨何時對榻眠。

訪戴心期得暫酬，滿懷高興覓歸舟。吴淞口外海空闊，拂面天風好自由。

過天門山 一九九零年六月

兩山相對勢崢嶸，雙鑒江流展畫屏。誰會謫仙題秀句，白雲映水總無聲。

偶　感 一九九零年七月

大地起狂飆，原上巨木倒，林樹咸僂傴，安得幸自保！十年雲樹木，爲用實嫌早。銜汨謝天公，仁心何其少！

花陰獨坐 一九九零年七月

獨喜花陰下，披襟納晚涼。新蟾脈脈靜，幽花細細香。心與萬籟寂。閑愛良宵長。不覺扶疏影，冉冉已移墻。

庚午中秋前後曇花兩盆陸續開二十朵，欣然賦之 一九九零年十月

羽帶高張駐緑雲，旻宵別做一番春。冰容次第騰芳馥，未負年時雨露恩。

題贈上饒《鍾靈詩詞》

三清秀色與天齊(注一)，信瀆西流無盡期(注二)。山水鍾靈應世出，弘揚風雅耀明時。

(注一)：三清山爲上饒境内名山。

(注二)：信江流經上饒市。

題孔凡章《回舟集》 一九九一年二月

蜀士饒才傑，喜同聲氣求。拾瑶如採菽，貯寶待回舟。天地騰歌嘯，山川恣獻酬。京華堪大隱，何日得追遊。

自　遣 一九九一年四月

問君衰暮意何如？小隱山林願未虚。健飯忍爲伏櫪馬，尋常得脱服鹽車。詩書滿架堪忘世，花鳥多情似啓予。回首往塵供一笑，塞翁憂喜自乘除。

依韻奉和胡守仁見懷之作 一九九一年六月

未覺詩人老，翻驚筆力遒。歸來舊鄂渚，悵望古洪州。應有三生幸，曾爲五度留。贛江饒勝跡，心印足千秋。

胡守仁原作

更覺催人老，何堪歲月遒。會開因棄疾，風便過洪州。情固難爲别，心知不得留。起居無恙否？一日似三秋。

贈李生中華 一九九一年七月

末俗昧道義，勢利競奔走。學問爲禽犢，於身竟何有？李生古遺直，長年伏瓮牖，同輩皆先達，

默默甘自守。著述明詩旨，講授騰衆口。居處仍卑湫，旋動壁觸肘，兒女爭燈光，展卷更深後。潛心析羣疑，積謬隨手剖。有時意趣來，對影揮杯酒，中聖自樂天，先賢舉爲友。人生真遂志，貴在能不苟，萬事付烟雲，靈台豈容垢！斯世更誰求？莫逆俱白首。

吴柏森集其詩詞付梓，欣然爲賦

江西風流士，摛藻耀上京。吐錦如泉湧，藝壇聳羣英。嗟餘相聞晚，猶未一識荆。迭惠珠玉章，捧讀但心傾，深愧才力拙，屏息自堅城。欣聞有新編，綉櫝集瑶瓊，企予引領望，一窺堂宇宏。

寄題當陽慈化慈廣大橋 一九九一年十一月

慈化羊城一綫通，長橋高跨振雄風。多情遊子鄉心切，要令家園錦綉同。

祝賀丁忱喜締良緣 一九九一年十二月

良夜洞房燭影紅，歡調琴瑟兩心同。書成博議饒才思，更喜伯喈是婦翁。

贈黄生瑞雲 一九九一年十二月

勢位世所競，子遇若寇仇。一旦遭拘執，掙扎纍春秋。終得脱羅網，曠如出牢囚。平生耽書史，晨夕無少休。今古五千載，殫精窮搜求。述作遍四部，義理足千秋。我昔忝師度，與子氣相投，常欣起予樂，廣座無與儔。爾後三十載，風波飽經由，松柏自堅剛，霜雪氣益遒。於今好肆志，學苑騁驊騮。文章百世業，價自重山丘。餘事及風雅，謳吟追前修，長句恣奇想，雲濤紙上浮。人生貴適志，道義無愆尤。插架列賢聖，莫逆共神遊。此事夙心契，俱老情彌稠，何日重携手，相對興悠悠。

寄題黄陂木蘭山廟 一九九二年一月

間關百戰十年歸，卸却戎裝着故衣。多幸青山存古廟，峯巒草木共奇輝。

題朱正明「中國當陽」藝術影册

沮漳楚望好川原，夢繞魂牽五十年，休任鬱懷尋舊跡，喜披彩畫醉新顔。

喜讀劉君膺慊「西安十二首」

唐都雅韻喜清真，唤我心痕爪跡新。聞道故園開錦綉，沮漳還幸着詩人。

海南雜詠五首 一九九二年四月

初到海南

南來境象特清新，異卉奇花照眼明。是處椰林夾道立，高撑羽蓋盡逢迎。

萬寧東山辛詞會議座上

東山高處説辛詞，牖外羣峯入眼低。緑野映空連海闊，稼軒襟抱自如斯。

牙龍海觀海

洶湧潮頭捲足來，挾持蝦蚌象崔嵬。試舒望眼向空闊，如綫水天靜不開。

天涯海角

臨觀海角極天涯，巨石駢羅鎮水湄。莫道神州斯處盡，南沙更在遠天陲。

芒果

今朝俄頃海南回，芒果便携三兩枚。當日曾從頒象見，黯然無分意如灰。

湛江渡海向海口 一九九三年元月十八日

樓船長嘯向滄溟，天水迷茫半日程。此去何憂風浪惡，南州曲沼喜初經。

海南偶感

海南歲垂盡，大地遍翠綠，椰林行處是，繁花如錦簇。遥聞江漢上，瑞雪堆層屋，凍雀凝檐際，冰枝挺晶玉。憶昔少壯時，喜此天地縮，屐齒破瓊瑶，溪山恣往復。於今屈衰老，先期就温燠，南來過候雁，漲海欣縱目。人生適運遇，在處堪自足，新撰有遺篇，快然好賡續。近撰論陸機在六朝文學發展史上的地位一文來海南後二日完稿

詞稿

玉樓春 湖上　一九三四年九月

岫外霞殘縈碧霧，陣陣笙歌橋上路。一聲煙水盡蒼茫，如綫輕舟搖槳去。　底事景闌無意緒，漫踏山陰聽織語。明朝喚取畫橈來，載酒白雲深處駐。

西子妝 一九三五年四月

光艷霞綃，喜盈暈靨，簾捲小庭深處。記曾秀句印心心，悵緣慳、彩云何許！尊前片語，似翻隔、蓬山無數。漫歸來，把徽容留取，攢眉千度。　獨凝佇。碧淡遥峯，省識羞眉嫵。橋陰一帶艤蘭橈，嘆芳辰，更誰爲主。書成漫與，奈秋雁、不堪分付。但閑愁，化作蒼煙萬縷。

念奴嬌 題余孝文蕪城殘照圖用張於湖過洞庭體

莽然餘照，是誰家、尚留一片殘堞。疑道秦皇防虜地，野老更無堪説。折骨猶驚，精靈化燐，戰苦風悲烈。金戈光冷，響沉平野林葉。　甚教絶徼塵生？黄沙蔓草，多少萇弘血！羅帳燈昏頻夢見，夢裏依稀初别。敗壘冰寒，危亭戍久，兵甲何時歇！傷心前事，斷霞無語明滅。

八聲甘州 哭方西平先生

驟心驚、風雨送春歸，鶗鴂一聲啼。但臨風咽泪，憑欄凄望，魂斷天西。爲問春歸何處？塞草

尚凄迷。空剩樓頭柳，摇曳餘悲。　還記郢門憔悴，向酒邊擊節，塵捲揚輝。更幾番温語，生意滿枯枝。甚携壺、玄亭重叩，衹從今、都作舊心期。傷情是、古城重駐，故巷斜暉。

蝶戀花 曩讀趙令畤《蝶戀花》十闋，其演會真記故事，頗能曲盡其情。近取《長門賦》，撮其大要，仿趙體制，得詞四闋。一九三五年四月

綉柱雕甍長日静，雙鬢煙輕，妝罷羞重省。翠袖自憐時一整，無言倚盡闌干影。　悵望行雲春夢迴，漫惜朱顔，總爲多情損。欲把相思憑遠信，天邊雁字渾無準。

右宫怨

雲外喜傳回鳳馭，自浣金尊，欲共傾懷素。爭奈此情無着處，蘭臺頻上獨延佇。　一霎浮雲愁四聚，隱隱雷聲，記似鳴鸞輅。丹桂空懸香滿樹，風檐時墮雙金羽。

右情望

玉輦不來深殿暗，寶鏡虚懸，永夜清光滿。閑弄瑶琴舒别怨，那禁恨逐朱弦亂！　旋譜新聲情宛轉，腸斷宫娥，簌簌珍珠濺。往事羅巾深自掩，鳳幃一夕回思遍。

右情悲

回首君王含笑至，乍斂羞蛾，待展深深意。堪恨鳴鷄驚夢寐，心期滿眼留無計。　起倚露欄天似水，庭户無聲，縞月澄香砌。曙色漸催檐鬥墜，可憐一夕人憔悴。

右夢遇

三姝媚 陪賈修齡師泛舟東湖

霜紅飛漸少。剩層巖多陰，靜涵松筱。瘦却秋光，怕便辜吟賞，暗驚懷抱。重去聲冷前盟，來趁取、烟波鷗鳥。更喜芳叢，珍惜餘妍，共禁寒峭。　纖玉輕移蘭棹，映翠淺眉峯，碧深絲藻。唱徹新腔，正暮雲凝駐，楚天低杳。水閣誰家，相次倚、舒情吟眺。漫指瑶宫高處，仙雲路渺。

西江月 月下與孝文圍棋　一九三五年八月

露意漸收塵署，蛩聲占斷清宵。垂楊影外眺臺高，分得秋光滿抱。　閑趁東山雅興，臨風更進香醪。消殘蝸夢夜迢遥，一笑寥空月小。

虞美人 九日傍晚，信步湖岸。則見敗荷十畝，黯然交欹；墜萼殘芳，杳焉無遺。於時秋陰悽悄，細雨欲作，憮然興身世之悲。靈均有云：「哀吾生之無樂兮」，殆吾之謂與！一九三五年九月

銷魂緑斷兼葭浦，香冷無尋處。敗荷欹影靜銀塘，時聽亂枝聲裏響鴛鴦。　明年記取花時候，好約尋芳偶。却愁風露苦相催，不駐些兒光景待人來。

蝶戀花

獨步空林霜葉碎，凋盡黄英，始覺冬無味。細檢前歡能有幾，何曾消得平生意！　且喜香梅真好計，數點南枝，朱粟凌寒起。須信芳時都一指，便拚日日花前醉。

鷓鴣天 丙子夏晚洪山道上。時方大學畢業，奔走求職，纍月無成。一九三六年八月

慚負鷗盟曲渚間，空教塵土損朱顔。輕車日日垂楊外，又見西南月一彎。　新浴罷，弄冰紈，家家臨户動清歡。從今便合長歸去，猶得嬋娟滿釣船。

臨江仙 清江峽中效康樂詩體　一九三七年四月

細數人生真磨蟻，從教冥化推遷。溪山小住亦因緣。短筇尋絶壁，紫磴入蒼煙。　掩映回巒深隱處，遥聽漱石聲喧。窺淵岩影共澄然。留連惜獨賞，杳靄契心玄。

浣溪沙 題佩珍清江臨流凝思影　一九三七年十月

自是瑶臺月下人，恍然綺夢損天真。楚峯深處駐光塵。　一任韶華空逝水，誰教尺素枉文鱗。輾然無語祇凝神。

自愛幽巖作勝尋，勞人休恁苦相侵，爭知一片玉壺心。　漫倚磐崖舒婉嘯，閑聆汹湧試湛襟。更無些事費沉吟。

踏莎行 恩施送佩珍東歸　一九三八年二月

怯意先驚，愁腸欲斷，轔轔一霎車輪轉。誰知嚮日眼中人，回頭已是天涯遠。　迢遞千山，

車塵一箭，今宵何處淒涼館！縈情最是乍分時，羅巾低掩深深面。

鷓鴣天 恩施過舊居寄佩珍　一九四一年八月

依約遙山帶霧橫，小樓微月夜初更。關心無限沉吟事，怕聽闌陰淺喚聲。　爐火爇，茗香清，語餘溫意暖銀屏。而今卻似秋來燕，憔悴風前各自驚。

玉樓春 佩珍學作，喜爲潤色　一九四一年九月

小閣新涼晝漸短，睡美不知紅日晚。鬢絲輕掠懶梳勻，兒女相携橋檻畔。　點水蜻蜓曲水岸，勾引稚童着意趕。遙拋細石翠荷驚，回首阿爺歡意滿。

浣溪沙 壬午暮秋寓萬縣望佩珍不至　一九四二年十月

望盡木蘭江上船，雁來心事轉茫然，晚風千嶂鎖寒煙。　幾度夢回明月夜，無窮思隔楚雲天，那堪哀樂近中年。

鷓鴣天 癸未夏送佩珍赴瀘州，別後獨還里牌溪寓居。一九四三年七月

歷盡百憂餘此身，那堪南浦更沾巾！年來莫道銷魂慣，者度別離味又新。　扶短策，意如醺。斜陽倦影自相親。孤程迢遞怯歸去，不見篁陰徙倚人。

浣溪沙 簡佩珍瀘州　一九四三年九月

黍夢光陰能幾時？祇供哀樂苦相催，忍將閑怨更顰眉！　丹桂已懸清露蕊，錦鴻應報彩雲期，秋山蕭灑好同携。

木蘭花慢 奉和新寧師原韻挽羕龍師兼懷珞珈黌宇　一九四三年九月

杳梁嗟遽隕，甚差玉，可招魂！記絳帳傳經，玄亭問字，愁剩心痕。河山忍抬望眼！儘伊優葺闒自盈囷。搖落蠶叢深處，南天遙吊湘雲。　湔塵。水石粼粼。仙夢杳，忍重溫！漫悴損蒼崖，消殘練浦，魯殿巍存。關心採香故苑，但麏鼯虺蜮逐崩榛。何日東穿巫峽，相看總是酸辛！

惜秋華 癸未重九　一九四三年十月

悴損江山，問悲秋宋玉，爭舒望眼！更忍登臨？傷心萬方多難。閑庭日冷風淒，度幾陣、嘹空驚雁。暝煙近，殘蛩細切，慵中幽怨。　籬下，露黃淺。送娟娟素影，小蟾清遠。想霧迷，湘浦樹，許多淒黯（注）。瓊樓夜暖杯深，任玉輝、瘦盈誰管。相伴。動微吟，嘒星數點。

（注）：時日寇大舉侵湘，抗戰方亟。

水龍吟 壽葉亮亟丈　一九四四年二月

幾人七十曾經，畫堂瑤席開春晝。齊眉笑看，彩衣斑舞，更誰能有！杜老文章，太丘名德，共瞻星斗。甚扶筇慣屬，過庭漫與，蜀山外，空搔首。　休更悲時吟苦，正南溟、祲消魑走。元戎

試啓，貔貅怒發，電馳風驟。皓月南樓，斜陽鸚鵡，旋看依舊。待明年漢浦，燈宵預賞，祝岡陵壽（注）。

（注）：丈以正月十四日生。

鷓鴣天 甲申歲春，猶滯萬縣。以生事煎迫，佩珍携二兒往教數里外杜姓家。亂離餘生，弱稚數口，猶不得朝夕聚處，念此輒自愴然。爰用辛巳過恩施舊居原韻更賦此闋。

塵染羅衫尚泪横，劫殘風雨已頻更。誰知琴瑟同心奏，猶帶人間離怨聲。　尋覓覓，冷清清。空勞思夢繞雲屏。春來又見羣花謝，徒倚斜陽骨暗驚。

臨江仙 一九四四年四月

世味中年寥落甚，一番虚道春妍。漫尋芳草蜀江邊。臨流閑送眺，來往賈人船。　坐久渾忘身外事，心隨去水悠然。映沙沫影轉清圓。晴巒分剩緑，涂染入江天。

虞美人 乙酉萬縣江村見碧桃花，因追懷珞珈之盛，悵然賦此　一九四五年三月

東君着意碧桃樹，濃淡胭脂注。天涯相對思悠悠，寂寞亂山深處古梁州。　斷腸當日勝遊地，玉宇明霞綺。欲憑青鳥爲探看，尚有幾枝憔悴泣殘煙。

鷓鴣天 乙酉仲春十七夜步月龍泉溪上

醉踏瓊瑶入壑深，風泉高下趁狂吟。樹摇藻影時窺徑，梨送雪花任滿襟。　天淡淡，谷森森。悠然澄澈此時心。宿禽喚我驚回首，如睡遥峯半霧浸。

減字木蘭花 某索題其萬縣市居小閣。閣迥出市表，近臨則度墟一片，寇機頻年所殘，遠瞻則江流回轉。悠悠東下，爰慨然賦之。

玲瓏高閣，楚客登臨偏意惡。試卷珠簾，彌望榛蕪凝亂煙。　黯然天際，不盡歸心憐逝水。更奈思量？旅夢驚回月滿窗。

前調 歐戰雲已，柏林夷殘，或謂他日終不可復，黷武窮兵，徒成禍亂耳。

無情鐵血，伊古爲誰餘霸業。裏化空桑，億萬生靈爛沸湯。　當年席捲，叱咤風雷天地變。噩夢驚回，付與遺民痛劫灰。

念奴嬌 乙酉夏，萬縣安徽中學游泳池成。時逾暮春，高情有似點也；勢非漲海，大厄幾同子安。爰賦此闋，聊以自解。

太山秭米，況悠悠今古，人生如寄。榮辱紛紛身外事，且恁趁場遊戲。暖靄初回，靈波乍試，領識濠梁意。垂垂周夢，栩然蝴蝶飛起。　莫認悲憤沉湘，蓼蟲身世，飄盡臨風泪。御氣真人應笑我，多道幾亡生理。螳臂鼠肝，尻輪神馬，總付流形氣。緊誰怛化，夢中翻自驚喜。

鷓鴣天 一九四五年五月

歷劫家園夢影間，客居漸似舊山川。桔村竹户濱江路，短策經年日往還。　漁浦暗，夕陽殘，霏微暮靄滿林巒。候門妻子相迎笑，學種瓜藤已着竿。

浣溪沙 將去萬縣之涪陵簡葉九恩施

自惜幽芳久未虧，經年悵望隔佳期，漫思往事損蛾眉。 閑院又驚春意晚，高枝無復谷禽啼，蘭舟行溯錦江西。

清平樂 涪陵北崖僧院汲泉煮茗二首

長天靜悄，目斷書鴻渺。迢遞關山高下道，落葉西風多少。 銀瓶短策輕裝，石苔徑入微茫。汲得僧家碧溜，歸湔楚客詩腸。

寒泉清者，活火銀瓶炙，蟹眼漸翻微雨灑，一霎松風傾瀉。 漫言佳茗佳人，謝家池草生春。纔得浣腸三碗，試拈詞筆如神。

鷓鴣天 聞日寇乞降感賦三首

一夕歡聲徹九霄，競傳瀛海服天驕。喜看金鏡殘仍合，欲挽銀河勢尚遙。 ⿱乖角馬首，白烏毛。百年好景恰今朝。可憐多少萇弘血，滴遍神州碧未消。

腸斷千家尚哭聲，愁聽歌舞動嚴城。都憐捷信來天外，誰念冤魂鬱九京！ 思宛轉，泪縱橫。劫灰飛盡歲崢嶸。靈根玉樹無消息，回首滄江一夢驚。

峽外初欣得路回，羈心尋復似寒灰。飄零已是焚巢燕，世上何因覓故棲。 人九死，鶴重歸。遼東城郭也應非。祇今天際獨思憶，悽切西風泪滿衣。

木蘭花慢 乙酉仲冬，佩珍携兒輩東歸漢上，子牽迫生計，獨留涪陵。八年來雖相偕流徙，然無歲不有離別，今寇難既消，猶不得同舟歸去，爰愴然賦此。

漢江歸棹穩，甚猶自，賦銷魂。嘆滿地兵戈，頻年別泪，斷却青春。 漫雲。放歌縱酒，乍分携、回首隔巫雲。黯黯霜風鬢影，半規淡月黄昏。 凝神。千里荆門。猿嘯苦，可堪聞！更歷歷晴川，萋萋芳草，認也難真。 酸辛。市朝盡改，儘翩翾、爭覓歸巢痕！還對燈前兒女，暗憐天外羈人。

浣溪沙 一九四五年十二月

潮落滄江見石根，斜陽倦倚釣磯温，微風輕浪漾沙痕。 閑看素帆歸極浦，漸收殘照暗孤村，茫茫煙水立黄昏。

鷓鴣天 簡佩珍武昌

天外憐君獨自歸，兵戈老盡舊蛾眉，迢遞水驛三千里，還將羣雛取次飛。 裁錦字，寄新詞，空教兩地酷相思。祇今猶及尋歸棹，共賞梅花雪後枝。

前調 自遣

啅雀窺窗似笑人，深扃寒屋一羈身。歌摇碧瓦驚塵墮，狂納霜毫吐句新。 遼鶴泪，蜀鵑魂。

幾回吟罷寸心温。紅梅更送春消息，暗逐茶煙細細薰。

前　調得佩珍書，以餘寒酸之故，失意於其尊公。賦此却寄，聊以解嘲。

濁世憐君意自奇，一生拚許爲新詞。何妨鸛雀饒清骨，那用檳榔澡穢齒。　芳蕙性，瘦梅姿。名山好遂舊心期。相如終是榮情薄，却笑王孫恁個痴。

賀新郎得葉九書却寄

怪底音書阻。悵寒江、奔乘浪窄，錦鱗難溯。揺漾燈前無窮事，禁得從頭細數。祇意氣、當年曾許。斜月光中聯短榻，儘良宵，抵掌軒眉語。同俯仰，量今古。　千山蜀道驚風雨。記重逢、秋香院落，笑盈兒女。四載悠悠空回首，零落天涯斷絮。看六翮、摶雲高舉。萬里孤鴻何時到，倒行囊、但有迴腸句。痴共拙，長相與。

浣溪沙

多謝梅花似故人，歲寒常與共清芬，蚓聲細作茗爐熏。　漫憶青氈吟秀句，靜看碧瓦漾絲塵，獨舒幽意掩閑門。

玉樓春賦呈新寧夫子

一春寂寞深深院，珍重幽芳常恐晚。幾回顛倒爲佳期，怨雨愁風驚夢斷。　鏡中暗惜朱顏變，肯教山盟隨石轉！忍含清泪問東君，應許蕉心紅意展。

前　調早春感事二首（注）

遲白沼鱗初破凍，杏蕊蘭芽春意動。朔雲慘淡作重陰，構禁蝶蜂無限夢。　百囀早鶯休再弄，盡費嬌簧成底用！誰將郢調入瓊簫，吹徹蒼茫開宿霧。

夢回屏枕遼陽遠，依舊孤衾留宿怨。十年血泪苦相思，雪嶺冰河尋覓遍。　誰知海約雲期幻，珍重臂痕猶在眼，可堪追悔寸迴腸，錯爲賺人書字斷。

（注）：一九四六年初，國民黨報載，蘇聯違約，不撤出進入我東北紅軍。故感慨賦此。

法曲獻仙音涪陵北巖懷古。崖際有石室，傳伊川謫涪日曾讀易於此。其旁摩崖刻有山谷題鈎深堂三字。

丹塄騰霞，素波縈練，勝跡偏憐羈旅。探賾巖幽，走蛇碑老，依稀杖屐經處。步淡日，荒苔冷，沉吟悵今古。　遽如許！漫煙帆、翠屏江上，長付與、天外倦眸凝佇。粲也此登臨，問仙靈、那恁情苦！芥粒乾坤，儘蘭成、遲暮哀賦。正山城河市，沸溢嬉春雷鼓。

臨江仙丙戌暮春將東歸漢上

檢點殘編餘敝篋，殷勤伴我歸舟。關山亂燧共離憂。八年驚夢覺，真個白烏頭。　故國鶯花春復暮，可能依舊妍柔？牽情鸚鵡古芳洲。思心隨錦水，日夜自東流。

清平樂 去涪陵，諸生列送水次。感賦

紫屏凝翠，回首渺煙水。牽係羈人無限意，簇岸依依桃李。 算來旦幕千春，昔賢曾接芳鄰。他日南樓清夜，應勞夢裏飛魂。

臨江仙 舟中雜興

天許平生奇賞意，扁舟一葉東還。棹歌容與渌波間。青山頻入眼，欹枕閣書看。 雨罷溶溶雲澹薄，浸人濕翠浮嵐。低空陰靜水鄉寬。蓬萊行處是，不必羨驂鸞。

鵲橋山 過巫峽

雲根浸渌，煙光凝紫，歷歷攢峯十二。沾裳那用更猿啼，厲曼響巴渝盈耳。 荒臺漫杳，行雲何處，誰省風流幽思！虛傳神女有奇踪，却總是、痴人夢吃。

西平樂慢 夔門懷古

亂木雲昏，斷崖丹老，雙鎖赴海蒼龍。魚碎文鱗，鳥摧風翮，堪嗟萬古蠶叢。慨白帝當年雉堞，玉殿他時想象，憑高對此，無言背拄孤筇。幾許當關割據，都片晌、砌草泣秋蟲。 自來興滅，那干地險，百二山河，徒費天工。更誰在、呼星寥廓，探月穹冥，記取良宵躍電，晴日奔雷，高馭金鳶過浩空。憔悴少陵，哀時意苦，曾此徘徊，遺想溪南，尚有馨祠，人家樹色葱蘢。

臨江仙 過新灘

曾記東京書杇壤，楚峯奔落層空。殘骸慾障蜀江東。怒濤號兕虎，洄沫偃魚龍。 檣櫓千艘嚴鐵鎖，冲波誰試長風，驚湍直下看兒童(注)。吾生同泛梗，夷險任蒼穹。

(注)：舊日下航木船至新灘，悉停泊灘上，由放灘委員會派舵工及篙工各一，放船下灘。舵工有祇十數歲者，手把舵杆，口銜煙卷，行若無事然。

前調 過宜昌

巖邑西陵今古道，清漳咫尺鄉鄰。江山重見似全新。荒衢迷舊眼，忍泪問行人。 漫詠黍離悲故國，悠悠難訴蒼旻。誰教楚塞暗煙塵！冤骸深蔓草，竪子自銘勳(注)。

(注)：一九四零年夏，日寇大舉進攻鄂西，陳誠統率部衆迅即潰敗，盡失荆宜，而其屬僚竟在恩施高頌其豐功偉績。

鷓鴣天 自題喪亂以來詞卷

欲向天居叩九閽，何煩百罰鑄詞人。劫殘敝篋陳編在，幕燕飄零字字辛。 名共酒，孰堪親？從來達算那先身！而今合共神仙侶，同訪煙霞賦碧雲。

思佳客 賀王君治梁新婚

溟海鯤鵬去復回，藐姑仙子與佳期，鐃他乞巧穿針夜，正好金風玉露時。 紅燭暗，翠眉低。十分歡意滿屏帷。而今合展雙鵜翼，重向蓬瀛取次飛。

清平樂 代賀王君

素商時序，天上渡牛女。又向華堂紛綺處，爭看人間儷侶。　相酬青玉南金，相諧錦瑟瑶琴。試問朅來東海，何如兩意遥深？

玉樓春 寄示佩珍漢口　一九四七年

驚禽自墮虚弦發，摇落情懷生厭別。鴛衾幾夜隔江城，思似流波無斷歇。　曉憑孤檻憐芳節，時見梅林飄艷雪，驀然低首綺窗前，數點朱桃茸蕊裂。

鷓鴣天 奉和新寧夫子新秋曉起原韻

物侯番番變素金，涼颸颼颼動孤襟。井梧昨夜涼初墜，山氣明朝覺乍森。　摇落意，暮遲心。年時登覽慣追尋。衹今却喜長松下，臥聽天風自在吟。

菩薩蠻 佩珍暫歸寧漢上

高樓望斷垂楊陌，寶車來往空如織。幾度晚涼天，殘陽凝翠煙。　多情生怨別，甚又雲鬟隔。那更月圓時，桂華和露滋。

清平樂 珞珈半山南路松徑獨步

曲回松徑，宿雨苔泥潤。翠黛遮空寒影静，露濕草蟲哀韻。　林梢俯瞰銀湖，絮雲低映平虚。柳岸參差霧舍，米家淡墨新圖。

卜算子 前題用東坡韻

林梢瞰平湖，練浦秋光静。時渡雨餘一片雲，自鑒凌虚影。　松徑獨徘徊，蛩韻驚幽省。老翠冥冥夾素空。恰稱孤襟冷。

好事近 月下閒步聞姚梅鎮君室内彈琵琶

寒月淨秋空，林表露光瑩濕。誰寫琵琶幽思，和哀蛩零泣。　數聲征雁唳層霄，哀響散虚碧。舞閣綉屏笙暖，更何曾聽得。

齊天樂 丁亥早春放舟東湖　一九四七年

十年魂斷湖山夢，驚心劫餘還到。霧冪寒蒼，霜凋剩渌，似共天涯人老。　前緣未了。試重覓盟鷗，舊汀荒蓼。料峭東風，半岩殘照媚松筱。　短橈輕破淡碧，曼歌回首處，天鏡虚渺。鷺閃瑶光，魚翻暈沫，織得詩情縹緲。清懷易攪。記巉巘遮空，峽雲昏曉。病繳歸禽，漫憐珠樹好。

減字木蘭花 代壽六十節母

柏舟明誓，想見松筠當日誌。勁節凌煙，高映人間四十年。　桃筵菊酒，遥祝千春王母壽。記數芳辰，初度一回甲子新。

玉樓春 一九四八年元旦

江城喜溢年華好，無數高樓迎暖照。藻箋綉字爛繽紛，柏葉彩坊臨砥道。　郊原彌望春猶渺，苦恨嚴霜摧敗草。更無消息到梅邊，淒斷荒枝垂凍沼。

玉樓春 書示詹四楚琛

堪笑關心花月事，春去秋來頻費淚。蝶酣蛩怨自年年，風露無邊誰省記。　一語勸君須着意，日飲無何真得計。人生更奈許多愁？不斷古今如逝水。

惜秋華 戊子重九　一九四八年

悵滿西風，看蕭蕭敗葉，打頭飛墜。劃損翠微，驚心宛虹新壘（注）。　賓鴻唳徹冥霄，料也怯、人間危燧。知機早、歸來季子，蒓鱸何地！　佳節，記前事。對茫茫萬感，空餘清淚。勝破帽，羞冷艷，逸踪難繼。尊前那用茱萸，但領取、今朝沉醉。凝睇。正江南、暮雲千里。

（注）：時國民黨敗局已定，聲言堅守武漢，於珞珈山腰及山麓掘壕築壘，縱横交織，觸目驚心。

浣溪沙 藝圃奪詠　一九四九年

煮字難療衆口飢，却抛筆硯事春畦。踵門許子應無辭。　閒話豆瓜尋老圃，莫嫌耕稼鄙樊遲。宣尼雲聖亦因時。

雨後篙萊撲地生，自將拔取掛籬荊，回看畦菜轉欣榮。　也解物情無好惡，却慚私意有虧成。天公風露自均平。

短竹籬邊過往頻，何曾早計薦盤食。且消生意滿園新。　庇足陽葵經雨大，長腰瓜蔓逐竿尊。閑觀物趣得情真。

羽芥鱗菠緑滿畛，蕃菘映日足精神。小園又換一番新。　極媚鶯花都似夢，相煎萁豆總成塵。誰司大化運天鈞！

莫恃天公雨露均，方塘咫尺有清源。赤虷青黽一乾坤。　休任桔槔逞捷巧，何妨瓶甕費精神。人生痴拙是天真。

八聲甘州 春日登珞珈山　一九五二年

又人間好景耀空來，喚餘陟崔嵬。對江湖瀰望，晴光麗野，紫翠成堆。撲地紅雲射眼，簇簇聳樓台。試問誰呼起，湧遍天涯。　回首東山佳處，記荒灣野水，漁舍茅齋。也千門萬户，上下映波開。似牽梭、車塵來往，曳歌聲、隱隱雜輕雷。休驚訝、便神州地，盡做蓬萊。

清平樂 得佩珍自許昌歸信，期以望日到家。喜賦

蛩聲細細，暗葉喧涼吹。屏枕蕭疏長不寐，別有一襟幽思。　小樓新月娟娟，歸鸞驛信斜懸。

怎得今宵光滿，照人雙倚窗前。

采桑子 一九五二年

春風還展年時怨，念念心期，乍見還離，剩把歡情自細思。　爭如相並梁間燕，軟語依依，翩度簾幃，隨意穿花貼水飛。

鷓鴣天 爲百花齊放百家爭鳴感賦　一九五六年

誰運東隅大化回，無邊潛蟄起驚雷。復蘇陳草萌新緑，半朽殘株耀錦輝。　鶯弄舌，燕爭泥，人間無處不芳菲。行年五十真知命，好向文園獻一枝。

前調 爲長江大橋即將竣功喜賦　一九五七年

誰奪乾坤造化功，龜蛇儼爲曳長虹。虛傳天塹限南北，行見車塵自西東（注）。　雷震野，浪搖空，中流臨嘯萬人同。神州多少河山險，都在英雄主宰中。

（注）：長江至武漢由南向北流，故大橋爲東西向。

采桑子 一九六六年

隆中山上今宵月，也展清光，那處南窗，千里相望共斷腸。　遥憐人定孤燈下，斜倚匡床，獨自思量，時搵羅巾泪數行。

木蘭花

手把素箋心惻惻，幾夜夢魂長鬱結，就中何所最關情，對鏡暗驚雙鬢白。　風雨卅年都一瞥，垂老那知猶怨別。從今祇合付長吟，贏得歸來詩滿篋。

鷓鴣天 新寧夫子七六誕辰　一九六四年十二月

萬里晴光麗碧空，東籬猶有傲霜叢。黄橙緑桔年年好，玉盞冰盤歲歲同。　滋畹蕙，擅雕龍，余情還寄大江東。長風陣陣鳴鸞鶴，翹首南山百丈松。

浣溪沙 振鐸老畫家惠贈紅梅畫幅，激賞之餘，賦此誌謝。　一九七五年十月

藝苑今欣續舊緣，東湖客舍雨餘天，隙駒彈指十三年。　多謝丹青酬玉諾，長留春色小窗前，寒梅標格寸心鐫。

前調 振鐸老畫家爲佩珍畫紫色牡丹一幅，代誌謝忱。

魏紫光騰素壁間，春風得意獨嫣然，丹青妙手永華年。　回首人生徒逝水，盡教國艷對衰顏，樂觀造化任遷延。

臨江仙 振鐸擬畫巴河藕及武昌魚圖，囑爲題詠。

聞道張公饒藝興，胸中又構新圖，巴河蓮葉武昌魚。　槎頭真可羡，佳句誦寰區。　何日天

機呈妙手，勝情縈繞江湖，文君嫩臉翠裙裾。波光騰鬣尾，生意滿吾廬。

木蘭花 振鐸既錫紅梅，復許再賜佳品，久未見頒，書此寄呈。

不凋紅萼輝東壁，盈座佳賓欣嘖嘖。雪中標格入深衷，長令兒孫作寶跡。　人情自笑多貪惜，況許丹青重恣筆。何時再睹一裝新，豐我化工神妙跡。

清平樂 三峽兩岸盛栽柑桔，逐步實現周總理遺願。振擇老書家擬以此爲畫題，囑作小詞。

摩天峽岸，丹桔繁星燦。妝點平湖真好看。錦綉嵐波一片。　奔騰四化聲中，巫陽競展新容。神女應將朱實，纍纍敬獻周公。

木蘭花 新我親家囑題其西南之行集錦册　一九七六年十二月

西南乘興收奇景，勝具真欣堪濟勝。千秋寳跡納瑶緘，萬里雲巒收璞本。　巫陽十二秀峯嶺，宿昔頻經猶記省。煙中歷歷謝攀登，何日一躋相印證。

鵲橋仙 賀張金海新婚

香飄梅蕊，暖回寒谷，無限人間歡意。高朋熙攘滿新房，共慶樂新婚燕喜。　文章華國，醫療壽世，琴瑟和鳴愷悌。從今兩兩結同心，向四化揮鞭縱轡。

金縷曲 高安翔惠詩久未報，賦寄。　一九七九年

靜處空搔首，望暮雲江東海澨，愧深知舊。欣把瓊瑶頻擊節，欲報沉吟恁久。衹暗自、捫心内疚。疇昔交遊今有幾？四十年、隙際駒光驟。能幾度，共杯酒！　鴻泥心印清江岫。慨當時、顛狂朋輩，春風楊柳。一霎神州經浩劫，却喜雲開晴晝。乍鄂渚、驚看携手。申浦佳期常耿耿，記來年、夜雨翦春韭。重相對，兩鈍叟。

臨江仙 喜得余耀生自美國惠書，却寄。　一九八一年

萬里鴻音歸故國，燈前展誦欣然，故人無恙海東邊。雙雙珠玉樹，喬木映階前。　舊誼重溫余卅載，通家屢接歡顔，蜀山楚水共風煙。何日重携手，春意滿鄉園。

清平樂 登長城最高臺寄佩珍

漫誇足健，天與平生願。火急馳書欣名伴，應許老夫好漢。　下臨波湧群峯，彌望古堞游龍，萬古人間奇跡，蜿蜒遥映冥空。

清平樂 蘇堤夏晨　一九八一年八月

柳陰深護，清曉蘇堤路。芳草茸茸臨水處，呢呢雙雙佳侶。　平波浩浩融融，晨妝窺鏡千峯。多少樓臺霧裏，醉人十里荷風。

臨江仙 恩施西門外有摩崖泉池，水至清醇。一九三七年任教恩施，常汲以煮茗。一九八一年冬重到恩施，亟往探尋，泉池仍在。喜極賦此。

堪喜岩泉猶好在，石間懸溜泠泠，苔池依舊漾深瑩。一瓢纔入口，相慰似平生。四十年來多少事，謝君未改醇清。何當築室倚崢嶸！矮瓶從挈取，香茗自煎烹。

臨江仙 遊恩施大龍潭

雨後清江煙嶂裏，輕車似入山陰。山川秀色競相親。灘聲時遠近，列岫緊逢迎。峽口澄潭千丈底，凌空鑒影橋橫。窺淵醜石自嶙峋。疊巒幽壑外，何日可重尋！

臨江仙 重遊恩施寄示佩珍

鄂渚當年無着處，荒陬自任遐遷。溪山佳處締良緣。燈前相對語，幽意漾茶煙。城郭重來都異昔，清江塔影依然。舊游彷彿獨惓惓。白頭人健在，好待話爐邊。

鵲橋仙 贈《水滸》研究會

打家劫舍，安良除暴，水泊威騰風雨。到頭委命趙官家，那裏是，英雄歸處？野猪林裏，景陽崗上，壯概英姿栩栩。饒他妙筆自生花，好一幅，群豪光譜。

鵲橋仙 題余耀生從美國寄回金婚儷照

輾然仙儷，華妝相倚，嘉禮白頭重舉。桂堂歡溢綺筵開，看繞膝、兒孫笑語。同心比翼，如金似玉，五十年間朝暮。欣聞盛典寵天驕，可羨煞、鄉邦舊雨。（美總統里根曾致電申賀）

臨江仙 遊湛江湖光岩。湖嵌原上，爲往古火山爆發所形成。四周峯嶺環列，岩際鐫有李綱題摩崖橫額湖光岩三字。

地入南溟煙瘴裏，昔賢聞道曾經，湖光伯紀舊題名。毫鋒涵骨力，百世仰忠貞。何日坤靈狂吼罷，一樽醽醁高擎。周遭峯嶺鑒澄明。椰林羅羽蓋，蕙路溢芳馨。

水龍吟 爲西安舉行唐代文學會成立大會喜賦

渭川依舊東流，終南猶自横空翠。高標雁塔，依稀興慶，緬懷深慨。瑞氣千門，衣冠萬國，雄風宛在。更文章盈世，爭光日月，鏗金石，流英采。休道風流難再，喜人間、又逢昭代。長安故國，耆英翔集，曠時高會。探賾窮幽，咀華含實，天機開泰。看神州翌日，唐音響徹，漲雲天外。

八聲甘州 一九八二年端午節秭歸大賽龍舟

閙喧闐兩岸翠崗頭，傾城鬥龍舟。驟驚天雷鼓，齊聲異采，七隊中流。浪裏群龍箭駛，耀日棹光浮。端午年年事，者度無儔。遥念靈均此日，竟珠沉汨水，亮節千秋。恨讒奸偷樂，迷誤幾曾羞！祇人間、高風悠邈，向故居、流水薦生芻。今看取、駕青虬去，喜遍神州。

減字木蘭花 祝賀費老八十雙壽

黄柑百顆，權當蟠桃遥祝賀。上壽芳辰，尚待齊眉二十春。龍蛇夭矯，人與霜毫同不老。好

伴仙儔，補作名山未竟游。

浣溪沙 奉賀費老赴日展出書法　一九八二年三月

腕底龍蛇騰九州，還將翰墨泛瀛洲，芝蘭意氣自相求。　漫道左肱窮妙用，應知棄筆已成丘，丹青逸趣似煙浮。

遼海相望結近鄰，斯文骨肉歷千春。今朝攜手益情親。　想見揮毫流勝概，潛心漢魏出清新。吴興費老别精神。

木蘭花 江行望大雷群山懷鮑照　一九八三年十一月

誰驅衆馬來江滸，雜沓低昂如競騖。霎時回首幻群峯，矗立煙空離復聚。　當年明遠銜悲緒，行路艱難傷寄旅。筆參造化發奇輝，文藻山川同萬古。

浣溪沙 費老將選其法書菁英，納爲一帙，精印傳世。賦此紀勝。　一九八四年元月

垂老那堪右腕殘，丹青棄置未心甘。漢碑魏碣盡盤桓。　漫道臨池波盡黑，試看退筆積如山、藝壇嗟服左肱頑。

書苑乍驚耳目新，神州恣筆散奇珍，還舒餘力饜東鄰。　好斂菁英留寶帙，龍騰虎擲勢紛綸。神明波捺作梁津。

菩薩蠻 遊鄭州黄河風景區　一九八四年八月

岑巒環繞黄河曲，亭臺上下壯心目。白浪湧遼天，雙橋鐵索懸。　溝岩森故壘，劉項龍爭地。逝水自悠悠，芳時留勝遊。

浣溪沙 賀費老在中國美術館舉行書展

乍喜華箋出上京，定知宏館盛賓朋，爭看左筆作龍騰。　還記藝聲傳北美，也曾妙手聳東瀛，人間處處仰書名。

高陽臺 爲黄鶴樓重建竣工喜賦

繡户凌空，群檐矯翼，名樓又聳江城。仙鶴重回，人寰事事堪驚。長橋緊壓龜蛇項，似水流、來往車鳴。試凝眸，雲構參差，濤湧郊坰。　憑欄俯仰無窮思，念青蓮聞笛，屈子吟行。綱紀南邦，觸蠻幾度紛爭。江山美毓英靈起，首義旗、帝座終傾。看今朝，經緯中華，浩氣縱橫。

澡蘭香 乙丑端午，全國屈原學會在江陵召開。賦此誌感。

香蒲警户，角黍堆盤，鄂楚令辰自昔。龍舟競渡，鼉鼓爭標，禹域百川喧溢。慨當年、誰省忠貞，從教蘭摧玉折。恨滿人間，縱百其身何及！　喜看今朝古郢，屈子曾哀，彦才雲集。宏揚妙旨，扇播清芬，皎皎賦騷心跡。望湘沅、惻愴曾經，回首君門虎立。却萬世、日月齊光，似瞻顔色。

臨江仙 贈内蒙古大學中文系諸友

幾日嶺南還塞北，耆齡比翼翩翩，陰山勑勒古川原。牛羊渾不見，青塚尚巍然。　甚喜清秋風物爽，人情却自温暄。傳經志業暢心田。士林饒勝會，是處有良緣。

清平樂 楊新民同誌邀過其寓居索賦

低垣小院，户牖深深見。朱實纍纍光照爛，翠葉琅玕滿眼。　搴帷乍覺情瑩，迎人盡室瑤瓊。想象瑟琴鸞侣，精神玉潔冰清。

採桑子 乙丑中秋刊大同人邀宴東湖月下

平生總愛東湖好，萬頃琉璃，四望天低，上下空明一色齊。　今宵人世定何夕，素璧流輝，丹桂芳菲，喜共群賢舉玉卮。

鵲橋仙 題校園櫻花下偕佩珍合影　一九八六年七月

黌宫闕下，櫻花叢裏，脈脈駢肩翁媪。應緣喚起少年心，也趁取、芳時容與。　驚風驚雨，相濡相呴，消却半生酸楚。從今萬事等閑看，便算作、人間仙侣。

採桑子 掃除四人帶十年感賦

驚心前度十年事，天黯雲愁，狐兔高丘，坎壈人生懷百憂。　如今又是十年過，喜溢神州，盡釋拘囚，四化奔騰得自由。

浣溪沙 微雕專家朱君雲青惠賜篆章，邊刻行草後赤壁賦，字跡娟秀，驚喜之餘，賦此誌謝。

鏡裏微雕妙入神，貞珉方寸鏤鴻文，欲將芥粒納乾坤。　細賞鐘王毫末際，精凝何讓郢人斤。珍藏錦櫝寶兒孫。

宴清都 一九八六年九月廿八及廿九兩日，曇花九朵連宵相繼並開。賦以紀之。

翠鳳張軒羽。紛高下、絳鈎低掛罌蕊。銀燈光爛，朱幃嚴護，穗苞半吐。秋空夜冷霜清，待展得、冰容濟楚。乍户庭，馥馥菲菲，曇雲九朵凝駐。　芳時漫恨匆匆，人間萬事，那禁非故。香肌漸瘦，丰神微倦，夜更將五。應憐主人恩重，似斂袂、依依欲語。願歲時，盛過今朝，長酬雨露。

臨江仙 祝賀湖北武漢詩詞學會成立

江漢滔滔南國紀，英靈冠冕神州。三閭詞賦壯千秋。遺踪存楚澤，百世仰風流。　炎黄裔冑開新運，凌霄又聳名樓。山川錦繡好吟謳。人才今獨盛，齊足騁驊騮。

臨江仙 贈曹立庵

捐棄名園甘湫陋、多能早與清流。忘年意氣自相投。瓊瑶盈錦篋，往事思悠悠。　晚向江城潛俊影，丹青篆刻忘憂。幾回文會結綢繆。嘉言縈漢隸，厚貺美無儔。

霜花腴 八十初度感賦　一九八七年

乍醒幻魘，啓舊衾、欣然漸省吾生。春暖芳妍，時清人泰，熙熙舉世遐齡。往塵暗驚。甚是非、都付蒼冥。喜長空，霧斂雲收，小窗書幌晚來晴。　虛道此身猶健，嘆悠悠歲月，總負生平。斜照崦嵫，崎嶇駑蹇，心煎未了征程。漫欺短檠。幸祇今、神旺睛明。更何時，淨掃靈台，鬱懷隨意傾。

木蘭花慢 題建始中學校友回憶録

九州風雨橫（去聲），忍回首、五十春。正倭寇鴟張，烽鳴鄂渚，天蔽硝塵。莘莘。俊髦霧集，度千山萬水逐斯文。相（去聲）得巫雲深處，絳幃施遍荒村。　艱辛。炎午霜晨。肩脱黍，背勞薪。盡水繞茅茨，風穿土户，紙暗燈昏。欣欣。弦歌共樂，要他年合力拄乾坤。甚喜今朝四海，翰音遐邇相聞。

臨江仙 法國漢學家霍兹曼教授講治魏晉南北朝文學，一九八九年四月初來山訪晤，情誼歡愜，賦此贈之。

長愛六朝文苑裏，瓊花瑶卉繽紛。卅年殘踐没荆榛。疏治須衆力，待看滿園春。　乍喜嚶鳴來萬里，文心契結芳鄰。服膺魏晉見精神。吾生何限幸，西極有情親。

臨江仙 湖北武漢詩詞學會將於十堰市舉行重陽詩會，賦此應之。

南望武當烟霧裏，干霄聳峙群峯。車城是處振英風。飛輪奔四海，惟楚競才雄。　勝會今秋真得計，朋來穩卧雲中。高吟莫惜緑尊空。茱萸何用看，一笑醉顔紅。

水龍吟 題武漢大學新建人文科學館　一九九零年九月

玉樓叢起干霄，檻前呈偏湖山美。曠然盈目，蕩波峯嶺，極天雲水。棹艇遥望，琉璃宫館，翠圍煙翳。縱西昆冊府，東都虎觀，標青史，爭堪比！　壓軸縹緗山積，盡青衿、玩耽移晷。他時試看，新編絡繹，江河不廢。更喜芳辰，延來多士，妙宏玄理。乍回眸牖外，飛鴻杳杳，入冥空里。

玉樓春 上饒懷辛稼軒　一九九零十一月

南渡君臣輕社稷，良驥忍教長伏櫪。盡收壯誌入悲歌，電躍雷驚神鬼泣。　我自生平欽健筆，甚喜今來尋往跡。式瞻塋墓盡低徊，奕奕英風猶可挹。

鷓鴣天 次韻杜蘭亭歲除小景

情緒闌珊緊閉關，陳編檢點自增删。案頭歷日看方盡，欲頌新春意尚難。　傳彩字，寄瑶箋，禎祥做弄遍人間。紅梅枝上猶荒寂，但喜蒼松共歲寒。

杜蘭亭原詞

插了梅花便掩關，追逋得句又重删。歲除燈燭閑方好，老去篇章韻最難。　書吉語，拂紅箋，嫩春還在遠山間。膽瓶獨有殷勤意，默默吹香伴夜寒。

臨江仙 賦山南寓居樓東欄角桔樹

南國后皇嘉樹，高擎欄角東樓。層枝剡棘翠光浮。清霜凋大野，朱實滿枝頭。　漫道江陵千樹，人間比得封侯。箴來哲婦也應羞。三閭垂賦頌，芳馥自千秋。

水調歌頭 武珞路抒情　一九九一年六月

東往珞珈道，人世閱滄桑。回頭四十年往，歷歷盡思量。彌望荒墳菜圃，高下崎嶇石徑，塵土恣飛揚。入夜盡沉寂，冷燐漫低昂。　看今日，如矢直，走(去)康壯。高樓對起，一路燈火自輝煌。休訝滄波一滴，放眼神州天地，何處不新裝。海外歸來鶴，周覽好平章。

鷓鴣天二首 題偕佩珍紀念金婚桔下儷照

莞爾駢肩兩嫗翁，艱難五十歲年同。今朝且向緑陰下，消得枝頭滿樹紅。　身外事，馬牛風。人生何處計窮通？塵間信有神仙侶，修短盈虛一笑空。

休訝舊巢次第空，孫雛是處舉喁喁。向平願了真懸解，待看他年堂構功。　珠玉樹，蕙蘭叢，靈根移植任西東。但教書種長無絶，萬里相聞信好風。

惜秋華 武大中文系一九五六級校友返校盛會邀賦　一九九一年九月

喜溢黌宮，乍相攜、互辨當年眉宇。個個笑顔，紛紛暢舒心素。回頭卅載人間，共耐得、千般危懼。重逢是，歲寒松柏，堅剛胸膂。　是處幾寒暑。想鷄窗晨夕，商量今古。更上翠微，共許異時軒翥。湖山者度歸來，縱望眼、益欣修嫵。煙樹。莽蒼蒼、時聞鳳舉。

臨江仙 祝賀武大出版社創建十周年　一九九一年十二月

回首十年今日，高標書社黌宮。湖山俊乂播清風。瓊編驚海外，勝義壯寰中。　更待宏圖大展，藝壇廣樹芳叢。人天窮究極弘通。千秋垂盛業，不朽古今同。

八聲甘州 哭費老新我　一九九二年五月

乍心驚、噩耗自空來，心期一時休。正江東雲樹，閶門煙水，籠遍哀愁。檢點緘封歸跡，痛哭泪奔流。多少生平事，齊湧心頭。　藝苑欣成姻眷，更墨池雅詠，聲氣相求。甚詩書聯璧，已矣竟千秋。想當年、同攜言笑，任屐痕、吴越共淹留。從今後，衹清宵里，魂夢悠悠。

水龍吟 喜賦香港行將回歸祖國　一九九六年八月十三日

九州南裔懸珠，痛遭攘奪百年外。炎黄華胄，横(去聲)罹凌踐，危亡斯在。川嶽英豪，粉身齏骨，同仇敵愾。要乾坤重整，盡驅豺虎，湔宿恥，民安泰。　禹甸今朝歡溢，慶珠還、驛程無礙。不勞兵戈，折衝樞府，策畫嚴載。壯猷方張，老成經國，億民欣戴。看飛龍夭矯，雲騰雨施(去聲)，有生沾溉。

論宋三家詞

緒論

自晚唐詩敝，格卑氣靡，而倚聲代作，鬱然生新。豈非宇宙精靈，故孕斯體，所以纘續風雅者與？然此中消息，可得言焉。蓋詩至唐季，其道已窮。才智之士，遂乃别求途宇。於時里巷諺謡，辭雖鄙俚，而抑揚之節，或中於聽。因乃倚其聲拍，易以雅制，而新體形矣。且時值末季，人情鬱陶，朝士大夫，下及細民，莫不競逐聲歌，以自怡娱。然旗亭之唱，《竹枝》之詞，率皆短章，取便歌喉，向之長言巨制，無所可用也。而七言整句，或嫌率直，歌唱之際，或永遲其聲，或增損其字，新體之成，斯亦是矣。夫時政衰亂，有生痛深，而其所感於心者，非可顯言賦陳。故必取義比興，隱約其辭，情深而辭隱，故其感人，莫測端倪。更以華辭盛藻，當時所擅，深隱之情，傳以華藻。於是情文相發，蔚爲奇觀。詞之爲體，義宗婉約，辭貴華采，蓋以此矣。當時作者，可征至多，太白諸闋，論其氣象，信非盛唐，而爲晚世之託制。夢得香山，並有佳什，諒非僞假。其餘各有一二。散見載籍者，指不勝數；要皆率命賦筆，鮮系風會。迨飛卿制作，特出精妙，其風遂熾。端己繼之，屬語雅淡，而寄興遥深。濃抹淡妝，各極妍美，可謂領袖花間，雙峯並峙矣。下此以往，則惟南唐後主，及馮相正中。后主在位之作，風流旖旎，極華貴之象。歸宋而

後，則抑鬱悲愴之音，直出胸臆。於《花間》而外，别啓疆宇。雖鹿虔扆之「金鎖重門」，已兆其緒！然所制蓋寡，未足樹立，蔚然成風，厥惟后主矣。正中之詞，纏綿悱惻，一往情深，雖感慨萬端，而辭極吞咽，與后主之盡情宣瀉者，迥異其趣。淡於飛卿，而濃於端己，卓然自立於三家之外。歐晏諸公，莫不承其衣鉢焉。凡此諸家，實宋先導。猶黄河之星海，詩中之漢魏，言詞於宋，不容或忘也。

詞有宋代，猶詩之有唐。漢魏六朝之詩，善矣美矣。必臻於唐，乃足言備。斯蓋文體之自然演進，非可一蹴而至也。唐五代詞，氣象圓渾，後所莫追。顧其設言，域至褊小。后主而外，鮮能越乎男女。至其體制，亦止小令。入宋以後，精蘊乃辟。以體制言，小令展爲慢曲。哀樂之懷，興廢之感，緣情命調。巨制長言，乃至二百四十。若夫興之所寄，兄弟朋友之情，山川城郭之異，雲水田園之趣，時節風物之感，下及蟲魚鳥獸，草木華實，莫不納之毫端，因情馳騁。詞道至是，乃雲爛然，媲美唐詩，允無愧矣。是以後世言詞，涉途問津，莫逾兩宋也。顧其作者，有如林立，各擅偏美，騰耀其間；而岐道雜陳，翻滋迷惑。夫績麻治絲，貴得統緒；沿流討變，務明本源。而詞體所宗，惟在婉約，流而雄豪，則其變矣。兹本原旨，得詞三家。撮其英峙，凡爲八人。一曰晏殊，歐陽修，晏幾道。二曰柳永，秦觀，李清照。三曰周邦彦，吴文英。歐晏三公，紹緒南唐，炳耀初宋。雖

風流華美，而沈著婉雅，意自深厚。固存學士之清風，而爲小令之極致也。迨柳永創作，敷揚曼聲，語肆綺艷，風靡雲趨，詞林易觀。少游繼之，變以温雅，綜其所制，情韻悠逸，辭句清新，鑄語咸資當前，而入人自然深永。然詞中精奥，閟蘊猶多，殆半拆之露華，亦倚聲之進境矣。逮清真嗣出，奄席衆美，宣其精英，挾精律以馭雅辭，雜奇變以運幽思，總前流以成浩瀚，邀後世而爲極則。而後來繼體，厥惟夢窗，特易其面貌，采尚豐縟耳。易安儕於諸家，凌轢餘子。權其重輕，殆嫌偏枉。然求諸閨秀，兩宋一人。即其所至，自足名家。故審其風標，比次少游，亦巾幗之豪俊已。凡此三家，並倚聲之正軌，而斯道之英傑，故次而論之。若夫蘇辛以下，暨於姜張，固已揚輝兩宋，樹爲大邦，然體性所具，異夫温婉，非兹所論，無得專述焉。

昔止庵選詞，標舉四家，領袖餘子。蓋以己意，示人津梁。家數既多，宜有輕重，故乃爾爾。又近人論詞，好立派稱，或云格律，或云豪放。淺嘗一勺，遽欲概全，適見其妄，無當大雅。今兹所取，一家之中，雖同風格，而各有其至。要當異觀，不容相絜。且美之感人，恒有難喻，豈一二字，所能備詳？故於各家，不立領袖，亦斥派稱。

古人論詞，以人名家。竊以府閣群書，初無論次。劉向校閱，始撮要旨，以類相從，名曰某家。一家之中，不必固相祖述。況今兹所列，各相屬貫，故合納爲家，取其義焉。

一

宋初詞風，密承南唐。是以正中歌詞，最爲元獻愛好。當時諸公，同其薰臭，以相鼓吹。故《六一》《陽春》，詞多互見。元獻篇什，亦入永叔。辨其體制，咸難定别。小山氣格稍殊，亦間出和婉。如《蝶戀花》「卷絮風頭」諸闋。體其情味，亦陽春嗣響矣。故歐晏所作，論其大體，光采壯發，託寄無端，皆衍正中之緒業者也。三家本源雖一，惟以遭境各殊，故其所成，特擅亦異。元獻早歲宦達，中稍外遷，仍當顯任，故意氣貴盛，當筵命歌，曠放自適，語似無心，自饒深味，而氣象渾雅，一如其人，信乎宰輔之度，蕙風擬以牡丹，可謂極其神采矣。永叔數遭讒陷，憂患思深，故感時傷事之音，尤爲凄婉。而語入整練，方之珠玉，乃見氣力矣。至於西湖諸制，平和淡遠，忘身物外，極見學人涵養之深。及今讀之，猶自悠然神往，斯其所以獨至也。小山名父之子，以秉性磊落，終沈下僚，其情抑鬱，時思振奮。清壯之音，雜以頓挫，最能摇撼人心。至其造語，多有奇俊，出人意表，雖厭於心，難喻諸口，工煉所詣，更越二公矣。凡此所揭，咸其大較。然撮其精要，固有同致。蓋三家所擅，並爲小令。而其風會，沿習南唐，艷辭綺語，賢者不免，顧命意深婉，設言厚重，雖情浹肌骨，而無傷纖冶。是以玉潤珠圓，光澈表裏，後之作者，就善膏沐，終難追逾。而上擬花間，翻覺彼鉛黛之飾，過凌淑姿。是殆情采交融，內外衡稱者也。又山谷稱叔原樂府，寓以詩人句法，夫歐晏諸

公，何莫不然。蓋彼時詞手，操之士夫，雖涉閑情，務契詩教，是其所以終於温厚者與！

晏殊

元獻之詞，最爲渾雅。雖有綺語，而品格斯在。是以柳永入謁，直以「彩綫慵拈」遭斥。而年少所歡，叔原必由辨正也。原其所謂不作婦人語者，非設言命辭，不涉綺粉，蓋意有鬱結，難於直斥，緣情寄託，無妨男女耳。夫元獻名公，聲色之娱，豈難羅致。而乃樓頭花底，如許銷魂。必若所逆，將謂屈平勞心，真欲乞偶湘靈耶？嘗觀諸家筆載，謂其自奉清儉，而喜宴賓客，又官妓呈歌，乃逢怒於千里，則其賦性豪邁，可概見矣。故《珠玉集》中，語多雍容，廊廟氣象，猶能彷彿，而留連光景之辭，皆低徊纏綿，往往可見。殆亦身臨際會，時懷盈虧，不勝其依戀之志者與！蓋時朝局翻覆，有如易掌，雖俊乂在官，而奸慝益忌，偶遭傾仄，嘉會難期。故撫念當前，彌深感慨。是以見落花而惆悵，對夕陽以徘徊，皆所以惜功業之難成，傷良時之易逝也。凡此憂戚，俱身世所繫，細尋章意，皆有可徵。如云：「垂楊祇解惹春風，何曾繫得行人住？」「春風不解禁楊花，濛濛亂撲行人面！」斯類之語，傷事之意顯然。而吐屬圓渾，一若無心，蓋其所感，深入性靈，觸興而發，自亦弗知。是止庵所謂無寄託而有寄託者。此北宋高境，亦歐晏諸公所特擅者也。又如：「别來將爲不牽情，萬轉千回思想過。」「無情不似多情苦，一寸還成千萬縷。」「天涯地角有窮時，祇有相思無盡處。」凡斯之類，誠事慮所牽，非兒女思慕可得比擬。然皆質言情思，翻覺樸厚，情深而語莊，事近而意遠。蕙風所標「重拙大」者，備於此矣。夫不欲牽情，而思之萬千。相思苦深，而未免多情。是其所懷，有弗自已存乎其間，儼然風騷遺意，固其所以深厚也。若乃「雙燕欲歸時節，銀屏昨夜微寒。」「一場愁夢酒醒時，斜陽却照深深院。」「高樓目斷欲黄昏，梧桐葉上瀟瀟雨。」但撮言景物，而深情斯見。没色造境，妙契唐人之遺則。又若：「一霎雨聲香四散，風颭亂，高低掩映千千萬。」荷塘驟雨，紛披驚駭，言所難詳，畫所莫備，而略著數語，妙神畢得，非具大筆，詎堪包舉？他若「越女採蓮」（漁家傲）「燕子來時」（破陣子）二闋，淺淺描繪，光韻欲流，皆狀人之難狀者也。合此數事，知其熔裁之妙，亦復勝絶。而其大致，要諸自然，故工煉之極，翻若不煉，如大匠運斤，不見氣力，斯其所以爲渾，而止庵之示戒於高揖晏周，殆以是乎？

歐陽修

永叔一代文宗，説詩義本温厚。餘事爲詞，旨趣亦同。自來論者，比並元獻。惟以篇什稍富，體制非一，雖氣度融渾，不逮前人，而别出異境，自成高唱。故《六一》之詞，類有二致：一者濃密，一者疏淡。兹用更端，分而論之。

其濃密一體，固所紹延前緒者也。而納虚入實，工力所詣，幾於字字精煉，雖珠玉和節，微有

背逐，而壯采綺錯，有如食蜜，無別中邊，是以篇章勻美，首尾一致，真力重氣，凝貫其中，而託意所在，尤爲邃深，凄惋之情，騰溢辭外，似不勝其愴怏者。其《蝶戀花》諸闋，雜見「陽春」。世之讀者，率以臆出入，終難參定。惟「庭院深深」一章，易安謂爲歐作。李氏於時未遠，其言要足爲徵。且察其音澤，繁促壯麗，遠異馮制。更徵史實，歐公生平，導君進賢之志，反復殷勤，而君子之道，不勝讒邪，韓范諸輔，終以同罷。雖冒難切諍，而回天無力，則其所感於中者，當復何如？是以庭院章臺，亂紅風雨，興之所寄，豈同偶然？皋文所逆，可謂得之。然句爲比附，乃失穿鑿，斯觀堂所以斥其固也。斯類而外，他如「南雁依稀」（蝶戀花），「海燕雙來」同，「十月小春」（漁家傲），「越女採蓮」（蝶戀花），「花底忽聞」（漁家傲），「翠苑紅芳」（蝶戀花），「春山斂黛」（玉樓春）諸闋，或振觸節序，或興詠閨幃，或圖貌遊女，或感慨今昔，或魂銷祖宴，然皆出語矜貴，通首瑩澈，信斯體之極詣也。

其疏淡一體。復有二致：《採桑子》類，疏淡之遠者也，《定風波》類，疏淡之深者也。考公自韓范罷後，出守外郡，數遷至於清潁，其西湖諸章，即發於斯際。蓋公襟懷洞然，無有城府，（韓琦語）遘閔既甚？世慮都消。故能放情舟水，發爲詠歌，神境高迥，情味純淡，一屏羅綺，取資自然。後來東坡，實源於此！唯易其風華，返於真樸耳。諸制之中，有自得之趣，知足之樂，靜穆之象，澈悟之境，或適意當前，或與物忘機，其氣衝淡，其韻高華，求之唐人，其殆摩詰夫！至《浣溪沙》諸闋，則已著色象，而絲縈醉客，鳥喚行人，要極妍麗之能事矣。其《定風波》六首，亦穎揚一紀間之作乎？尋史籍所載，公自連守歸汴，乃以發白，備致問勞，而斯作末章。新憐滿首，則斯類之詠，信出是時矣。六闋皆興感物華。深慨盛衰，語非新奇，辭無麗飾，而唱嘆光景，往復零亂：或惜芳菲之難留，或惆韶華之易逝，或追悔當時，或望斷而後，語愈曠而情彌傷，意欲排而思益苦；乃知憂思之深，固有難忘者矣！要之，永叔之詞，或濃或淡，或遠或深，皆本之學養，因情而發，歸於溫厚。王氏卮言，稱其詞勝於詩，不其然與？

晏幾道

歐晏二公，所作令詞，皆爲即席書慨，供應歌酒。然元獻文忠，並歷顯仕，是以情辭深隱，託興空靈，依情綴句，出之天然，故其高妙，鮮與章句組織。至小山所作，章句之間，寓以頓挫變化，而益以清壯之節，是以情辭發越，非止無傷淺露，乃使讀者不自知其身心之搖蕩也。嘗考小山本源，實出《珠玉》。觀其深情之語，出以壯樸，固元獻高境。惟凄苦之致，恒溢言表，斯乃身世之感，不期而然。亦有措語遺情，和婉曠放，儼然元獻氣度。若其豪情勝韻！閎壯光華，則亦名父之貽。顧其佳勝所詣，獨異前賢，蓋陶融既殊，則青黃斯別也。少山絕世人英，少出高門，而磊落乖俗，終不一傍權貴。是其習染稟賦，有足過人。然亦職斯，沒世不偶。一寄其情，歌酒之際，不平之志，

沉淪之悲，積鬱而發，鼓之以豪宕，而頓挫之妙臻焉。昔山谷稱其清壯頓挫，河謂庶幾。其才贍麗，故清壯，其情抑鬱，故頓挫。頓挫故章句之變多，而振撼人心，爲用益巨，是其所以獨步前賢者也。

其頓挫之妙，或係諸章，或係諸句。係諸章者，一詞之中，有以換頭點明虛實者。其虛之一面，或爲追憶，如《臨江仙》之「鬥草階前」；或爲夢境，同調「淺淺餘寒」，要皆綴諸前端，換頭點醒，然後合以今情，情味彌深。至於彩袖殷勤一闋，銀釭相照，猶恐夢中，以視向之歌酒豪華，則今昔盛衰之感，有難勝矣。有以結句反跌者，《浣溪沙之》「家近旗亭」，及「日日雙眉」，並先盡情敷寫，而末端一語，反跌全章，則向之張設非同侈濫，而詠歎之旨，益低徊無窮焉。至於句裏頓挫之妙，尤爲勝場。每語愈決絕，而情痛愈深，此後」「錦書休寄」，「畫樓雲雨無憑」，或意欲推排，而懷益愴快，「莫教離恨損朱顏」，「清歌莫斷腸」，或抒寫情思，超越意表，「縱得相逢留不住，何況相逢無處」，或無可奈何，而語故頑艷，「莫道後期無定，夢魂猶有相逢」，要皆突兀不平，奇氣蘊中，乍嘗易感，細味彌深，雖語麗前賢，而罔乖厚重，頓挫奏功，邈絕後來。亦峯論詞，標舉斯旨，而切譏小山思涉於邪，可謂明於毫末，而昧於丘山矣。若其鬱懷所至，觸類興端，落梅滋難寄之恨，《蝶戀花》「千葉早梅」，秋蓮切不辰之悲，同調「笑艷秋蓮」，至於蕙心風轉，《清平樂》「蕙心堪怨」，殘粉不如，《阮郎歸》「舊香殘粉」，同乎詩人《谷風》之痛。若乃詠歎歌伎，獨致憐於淪落，《玉樓春》「清歌學得」，則亦江州司馬感遷謫於商婦與！

昔者叔原自序作詞之志，蓋病世之歌詞，不足析醒解慍。且謂感物之情，古今不易，篇中之意，昔人不遺，則其搦管綴思，非由率爾，而脫穎成章，便同偶拾；觀其字句之間，情氣瀰漫，流吻鏗然。若夫儷辭駢句，工麗天成，俯取即是，非夫才贍，孰克臻此。信知王謝年少，非三家村子所得幾也。且其胸次高曠，夐絕塵雜，是以古今不易之情，人所具有之意，獨能縱心挹取，資爲妙制，詭意奇辭，厭折人心，故「夢魂」「謝橋」，伊川不禁解頤，「落花」「微雨」，亦峯猶爲傾心也。然世所矜賞，每溺片言，是徒拾鱗毛，詡爲珍異耳。夫詞人摛藻，摹繪情聲，豈同肆賈，苟尚誇飾？況永歌不足，尚資舞蹈，意有難盡，妙存夫文。故「落花」「微雨」，見夢醒之難懷，「舞低」「歌盡」，慨相逢之非舊。乃知蕞爾小詞，固攝往代賦心，麗而以則，不其然乎？又其歌詠所資，不越聲色杯酒，然皆發於至情，歸諸雅正。山谷擬夫《高唐》《洛神》，允爲巨識。惜亦峯蓬心，致啓妄彈。世之學者，苟達乎此，庶可與言小山矣。

二

自歐晏而後，三變繼作。近逾南唐，遠襲《花間》。麗情曼調，委極鋪衍。坊陌之謳，直奪學士雅唱。風氣所靡，莫能自知。是以少游銷魂之句，不意貽誚坡老也。然《淮海》諸作，情既綺麗，體亦疏雋，求匹當時，耆卿庶幾。而語工入律，斯美同擅。秦柳並稱，固有以也。惟少游命筆，含蓄珍重，義復婉約，不乖溫雅。索諸耆卿，實少概見。然《淮海集中》，同雜塵俗，如「恨眉醉眼」，（河

傳)「奴如飛絮」,(望海潮)狎邪之音,儼若耆卿恒唱。則秦柳之間,源流斯見矣。易安曠代閨秀,群推婉約宗主。比並少游:或云氣調極類,或云源所從來。然其自出淺語,曲極情味,固亦三變絶技;惟雅鄭有殊,妙擅生造耳。且音律精穩,邈凌前修;語騁工巧,無愧當行。倫於秦柳,不其宜乎?故合較三家,約有數事:結體綺疏,異雙白之剛勁;語工入律,無周吴之邃深。而辭意温婉,衡諸歐晏,輕重斯別。惟情韻流溢,自然清新;沁人心府,不假思索。初日芙蓉,信足移喻。而南渡以降,杳焉無聞。惜夫!

柳永

耆卿少薄行檢,終淪塵俗。發爲歌詠,不踰窮愁淫冶。是以流傳所至,訾詬隨焉。然詞體拓樹,允戴元功。雖爲時所必至,要亦存乎其人。若其閨房之語,委貼妥溜,而羈旅之辭,幽秀淡遠。筆既肆情開合,音亦並意諧婉。信藝林之奇珍,而倚聲之秀俊也。

嘗以慢曲之體,首出教坊。觀《樂章》所載,調名鄙異,概可見矣。當仁宗熙朝,京汴康阜,教坊樂工,競出新唱。而永既遺世累,汩身其間,一曲之傳,輒爲制詞,雖固俗調,實以俚言,而語能窮盡形致,音亦媚悦心耳。蓋永才情詭異,音律工審。既絶望於仕進,乃萃力以填詞。是以委曲入妙,大得世稱,歌聲所播,風靡影從。後之好者,不絶於時。然終病其鄙近,遂漸遒以雅言。及

大晟之興,益制雅調,慢詞形體,因以奠立。後來作者,莫不遵循斯軌。然逆流探源,非夫耆卿,詎克臻是哉?惟《樂章》流風,亦未盡泯,元寵彦齡諸人承之,别成俳調。雖弗齒於清流,然終莫能廢也。其後北曲代興,咸資俚語。盡情效績。揆以諸家筆載,「三秋桂子」,海陵動吴山之志。而西夏柳詞,並井水而見聞。則「曉風殘月」之唱,故早厭愜北國。而北曲世系,於焉可知。是《樂章》一集,固封建之祧祖矣。昔者飛卿負才傲倨,絶棄君宰,狼藉江淮,坎坷終身,注其鬱情。一入小令,倚聲體制,於兹蔚立。而慢曲之興,人事一轍。去時二百,而契合乃耳,抑開創之業,才性所資,非是莫濟乎?

耆卿閨房歡戚之詞,率露無忌,故爲訾詬所歸。然細檢《花間》,自饒此種。惟調有短長,故語殊繁約耳。顧其綺靡之語,緣情馳騖,情之變化無端,語乃奇妙莫測,或俯仰於今昔,或展轉於遐邇,皆委曲以盡情,熨貼以窮態,語雖淺近,動蕩多姿,事極瑣細,無嫌支衍。而一篇之内,言雖因情肆騁,然情之所止,要而有歸,洄洑流蕩,波理相屬。斯皆耆卿匠心所詣,非細味無以得其情,非詳察無以明其勢,詎可獨以平衍俚俗,矢其譏彈哉?若其羈旅行役之作,妙於情景交融,故幽秀淡遠,自成絶詣。舉凡耳目所經,山川景物,人情風土,咸能攝其神髓,摹肖毫端。時序之感,懷遠之念,倦旅之思,莫不相與映發,進爲愴怏。幽情秀韻,深浹骨裏。美成是類,實祖於斯,惟遒雅加

勝耳。然若「鶩落霜洲」（傾杯樂）一闋，論其雋雅，清真集中，無以復踰也。若其毋於結末，著以景語，而情尤愴怏，意亦迷離，極淡遠之神致。斯則屯田特擅，固清真所莫追者也。嘗思景語雖工，待情而妙，曉風殘月，世所極稱，使非別酒醒後，則情味並損矣。是以江上柳如煙之句，前人執爲夢境也。耆卿斯類，句意既臻雋雅，筆勢亦復蒼勁。故風骨深秀，艷而不浮。至於《八聲甘州》一闋，開合閎肆，丰神凝遠，乃使東坡回其薄斥，至嘆擬於唐人。後此論者，益多推崇矣。然有一事，世所應知：夫蕩檢不羈，三變素稟，加以捐斥當途，無復冀幸，乃益絕棄顧藉，恣意揮灑，故英奇之氣，與精迸發，雖尋常言語，往往妙絕，人所難道，而罔不意愜；蓋斯妙所寄，既仗英奇之才，復資遺俗之性，而奇才鮮遇，遺俗尤難，斯《樂章》一集，故所莫比並也。是以求詞耆卿，若能體其微貼，達其變遭，而酌其英才，庶杜輕詆之失，無召宦豎之窘。若徒玩其狎情，驚其艷語，殆所謂張羅菹澤，不睹雲飛，自蔽而已矣。

秦觀

蓋問倚聲之制，中度實難，稍直則傷婉致，過柔即墮靡習，而輕重疾徐之間，濃淡豐約之際，衡量既殊，巧拙斯判，內外勻美，良匪易矣。允無憾者，其淮海與！少游習屯田之靡風，益以東坡箴戒，且身與勝流，知所珍重，故以清麗之才，斟酌雅鄭之中，語既清新，意復婉約，遠三變之俚近，異子瞻之高雅，詞手詞心，豈虛美哉？惟以世味所鍾，不任挫折，淒惋之容，動人滋深，哀而以傷，殆不免矣。然概言其致，亦有四焉：其小令之一種，酷類《花間》。雖云工致，要非自出絕唱；然其清麗所自，從可知矣。次則閑情之詠，蓋時既靡於三變，兼以官伎盛行，故酒邊花下，偶弄戲筆，俗濫之調，所在間有，存而弗論可也。再次一類，意或玄遠，辭常奇放，「花動一山」之語，「飛雲龍蛇」之句，夭矯神奇，字偕意動。他如「南來飛燕」（江城子）之什，直抒胸臆，身世慨深，大都近似坡老，《淮海集》中，尚爲別調也。至若「恨如芳草」，「山抹微雲」，斯類之制，則少游本色，非他人所得幾者矣。少游斯類，命意蘊藉，屬辭清新。蘊藉者，積懷滋深，吞咽而出，雖淒怨動容，而弗及張怒。深而不重，輕而非浮；此中消息，蓋難言也。而其身世盛衰之感，尤善敷陳見意。今昔榮枯，虛實比映。觀其梅英疏淡晚色雲開二闋，概可知矣。清新者，語資當前，融以聲采，一任情致，無與故實。情致舒暢，則清韻流溢；無礙故實，則語絕滓滯。而敍述景物，別擅妙手，方之屯田，一則幽秀，一則生鮮，故狀草木則光潤欲滴，言鶯燕則芳菲撩亂。至於流水孤村，自然佳句，豈必祖述前人？而黃鸝數聲，寂籟清響，儼若真有神助也。且時會所漸，字句爭妍，華燈飛蓋，玉轡珠鈿，流麗精工，固駕齊梁賦語；而喻愁如海，山谷嘆海之難押，芳草言粘，玉樵究粘之出處，則亦爭價一字之驗也。而其字句之間，每有奇詣。其《好事近》一闋，通章警奇，殆爲神至。而「自在飛花輕似

夢，無邊絲雨細如愁」，可謂語工而喻愜矣。他如「悶則和衣擁，迢迢清夜徂」，則爲語助，徂出長門，而句頸言末，各得所當，故亦能人所難者也。然世之論者，或病格弱。夫體具婉美，申以凄怨，而風骨所樹，無待故實。故伊鬱之情，常若不勝；而語故輕靈，無傷卑靡，佳勝所居，亦惟是矣。

李清照

閨秀之詞，世不乏有。而都傳一二，未足樹立。惟易安卓峙，蔚然成家。故稼軒弄筆，資爲體效。惜篇章零佚，今存蓋寡。然風格所在，猶可徵言也。觀胡仔筆載，其歷彈前人，率箴體制。撮其要略，蓋以音必協乎律呂，語當際夫莊諧。塵下固無足取，弄文亦非本色。故其所制，音律諧穩，固無論矣，而其鑄語，不務深華，不墮卑靡，依違雅俗，異響獨奏，亦奇詣矣。嘗稽其工妙，蓋能調綴常言，度入音律，運用俗字，肖傳情貌。故家常口吻，虛字俗詞，也些者兒，沒個怎生，凡斯之類，隨手位置，莫不工妙穩雅，增動聲情，但覺諧適，網嫌鄙陋。是以雋永之味，常寄言外，無係字表。故其慢曲全章，語皆稱意，而佳句難名。至於「寵柳嬌花」「緑肥紅瘦」(如夢令)，世所賞讚，特新巧耳。又如「落日鎔金，暮雲合璧」，屬對精工，亦僅辭面，而逸情永味，並無所附麗，未足語爲佳句矣。至其《聲聲慢》一闋，世所交稱，率以疊字之多，押韻之險，而於著意之妙，遺而弗思。蓋其抒寫無聊，微入茫杳，非反復體味，未由會愜。至於凄慘戚戚，凄厲之音，遒髮齒際，斯則心聲流溢，情故蘊中，鍛煉之功，勿寧唯是乎？易安三變，並饒奇情，兼妙常語。然其體貌，亦各殊致。耆卿情肆，故奇麗之意，近盡言中。易安思婉，故微妙之音，悠揚弦外。至常語入詞，柳以窮事爲功，李因虛語致績。故較其工妙，區諸神體，工乎體中者近實，妙於神外者虛遠。故一者易蒙譏於鄙俗；一則常享譽於清妙也。夫屬言工巧，精煉實易，平淡則難。蓋平淡失中，轉致輕率。斯易安而後，無復學其顰步者與！其鑄詞煉字，時有新巧，爲世矜道。故由才華贍逸，信手拈綴，自然工穩。倘著意追求，翻流尖刻，斯亦勿庸規擬者也。若其身世之感，溢露亦深，蓋經靖康之難，流離轉徙。故每追念曩日，傷懷故土，或魂銷佳節，或腸斷旅夢。迨「吹簫鳳杳，對鏡鸞孤」，而情益蕭瑟，音尤凄苦矣。如《南歌子》《武陵春》之類。若乃易節之玷，實出誣詆，昔人已審，茲毋論焉。

三

暨汴宋叔末，詞風數邅。而大宗蔚出，清真是已。自柳風昌熾，慢曲雲蒸，習染所漸，鮮能自拔。東坡傑出，力任矯斥，獨樹清風，士流易向。然音既不務工協，體亦嫌違本制。自致雖高，終屬別調，故當時詞風，爰趨工轍：附隨東坡者，率露如詩語，玩習三變者，滑稽瀕曲調，詞道於斯，將遂淪喪。逮美成嗣作，以絕塵之逸才，擅顧曲之妙理，酌詞人之婉媚，斟學士之高雅，更以提舉大晟，衆和所依，故能力回頹波，一返中正，倚聲之道，於焉坦夷。綜其所制，音節諧婉，辭意雅馴，而思

尤深邃，筆極頓挫；是以局勢變化，氣象融渾，如臨汪洋，莫測所至。倚聲法軌，於斯畢闡。是後操觚之士，無不奉爲極則。洵詞運之關鍵，而斯道之少陵也。自是以降，鮮克祧述。伯可竹屋，貌僅微似。邦卿善言節序，妙得一體，而格調所近，白石爲多。堯章體具清剛，實出稼軒別緒，黽勉微基，拓爲大國，而琢磨句意，謀遺篇章，美成妙詣，邈焉綢索。下至玉田，莫不猶是。而世言白石，輒擬清真，一何謬哉！惟梅津巨識，創前周後吴之説；止庵推闡，賡由南追北之論；可謂得赤水之玄珠，發衆生之耳目矣。夢窗之詞，命意層深，運筆奇幻，較並清真，若合符節。惟氣雜豪宕，易流婉之美，字貴濃麗，變清雅之容，而每感嘆湖山，詠懷古跡，噓噫深係君國，浮沈非止一身。詞境壯闊，清真莫企，斯由世運所致，非可異時呻吟者也。若夫採挹成辭，運使故事，美成融渾，而君特幽幻；融渾故跡化而語新，幽幻則辭離而意晦，是以清真寡過，而夢窗多尤也。然夢窗匠心，自有獨造。特意蕴縟辭，人自憚思耳。況義山之詩，逼追工部，運會所趨，貌崇華飾，詎謂瑕瑜所判，遂萃斯乎？

周邦彦

世言清真，輒擬少陵，蓋能陶融閎美，自育精英者也。嘗味其短章，沈著之中，兼饒俊爽，其叔原之佳致乎！至於令曲，詠羈旅則怊悵於山川，言男女則婉轉於歡戚！殆亦三變之聲貌矣。觀其鑄辭馴雅，使事工貼，固由才贍，亦資學博。故神宗異其汴都，無已惜其箋奏，既除正字，復歷校書。乃知如神詞筆，非讀破萬卷，何由輕致哉？又王灼誌稱：江南某氏，解音度曲，每得一解，輒倩美成制詞；是其宫商審核，享助自多；耆卿教坊，其事蓋類矣。綜此數端，知其承席既多，取資亦富，一代大宗，非儻然也。其體貌所具，衆美綺紛：挾婉媚之音，流温潤之辭，運勁健之筆，雜奇幻之勢，言情則婉轉以附興，體物則委曲而傳神，如五色相宣，八音齊會，雖駭耳目，亦愜心府，故令感者難言，而言者難盡矣。其字句精雅，率挹自唐人，然新脆清切，如出其口，蓋能心與物融，情共辭會，故昔人菁英，莫不奔效毫穎也。若夫「密雲銜雨」，駭滂沱之將傾，「斜陽冉冉」，黯極目之無盡。至如嫩梢曰觸，爐烟雲費，凡斯之類，並能以少總多，肖傳情貌者也。至於音節，獨爲精邃，蓋由本具妙解，復益旁助，故分寸節度，深契微茫；雍容之美，兼寓其中，澄意恬吟，自饒永味。是以千里和詞，乃至四聲，一一遵遁，而紅友論律，並以拗爲順，故後世言聲，莫不屍爲極軌。然其聲律雖嚴，而自然妍美。故由才力豐贍，乃克神明方圓，課其閎效，而後來詞人，鮮能免於殫瘁矣！且能詞之士，兼審宫商，月按律吕，創作新詞；雖無貴於南朝，故鮮聞於中土。宜步趨之徒，所以崇爲至聖也。其篇章秘奧，要在疏密相間，虚實互發，然其幻化，一準真情，非獨師成心，故作法範也。夫情感所寄，不越今昔，或撫今以思昔，或援昔以傷今，時序騁其欲念，物色增其凄懷，即此遞附，爲用

無窮矣。然情有淺深，而語有顯晦，情淺而言顯，則浮薄而乏味；意深而語晦，則翳昧而不鮮。清真之詞，意既層深，辭無翳昧，蓋能精意勾勒，雖重堂層奥，莫不户牖洞然者也。勾勒者，猶畫之摹形，勒其分限，勾其棱廓，而容貌宛見矣，故其襯託情思，或拾取往昔人事，或映以當前風物，逐境追逼，彌深彌透，更以筆勢勁健，或一字以貫尾，或片言而點情，或首唱而末應，或意往而辭留；於是氣脈浩浩以潛流，神姿栩栩而生動，故誦者應令接而莫遑，學徒追尋而靡盡也。其敍言羈旅，追擬耆卿，故爲雙絶。然美成景寓情中，故融渾而慨深，耆卿情曳景外，故奇雋而韻遠，是以一則景因情設，一則情以景見，故知清真布景之筆，實乃爲情勾勒耳。世學清真，率有二弊：襲其聲貌者，則病夫纖軟，追其法度者，常苦於局促，蓋崇末術而遺本務者也。夫纖軟由於乏骨，局促適乃無風，若能博資以充實，養真以神致，然後咀含其英華，坐忘於規矩，庶絶偏巧之失，而竟具美之功矣。

吴文英

南宋末葉，夢窗大家。而閎美沈鬱，用集譏矢，吁可慨矣！嘗細繹其詞，度法美成，氣雜稼軒，而辭筆隱麗，兼采飛卿者也。其命意運思，層折深邃，逐境幻化，往復縈紆，而脈絡井然，不遺纖發，清真墜緒，於焉重振。蓋南渡以降，稼軒主壇，白石開宗，風會所囿，遂忘中土；惟夢窗傑才，獨回北旆。故止庵曰：「稼軒由北開南，夢窗由南追北」。信識通塞之機樞，而由吴希周，所以世稱康衢也。惟辭采縟麗，音節閎壯，聲貌所具，迥異清真，斯後世眩惑，所以妄矢譏彈焉。嘗思詩暨晚唐，溫李標以綺藻，詞流季宋，吴周崇其雕飾；抑藝文所孕，故存斯體，而誕育爲期，必於末季夫！然匠心所詣，並邈符前修，故世論玉溪，咸追配夫工部，而乃於君獨特絶祧於大晟乎？夫采繡繁縟，易喪靈機，而能潛運真氣，挾以流轉，乃使綺錦宣其紛耀，珠玉鼓其鏗響，則山川珍飾，咸增妍於觀聽矣。自稼軒爲詞，氣籠宇内，英風所播，應若影響，更以時事所係，積蘊自深，詞人相尚，多懷勃鬱，顧夢窗沈煉於中，非同浮使其外者耳。若夫覽古靈岩，看梅滄浪，慷慨之音，直共稼軒爭響矣。夢窗麗辭，多本飛卿，世有言者矣；然其鑄意練辭，命筆使事，莫不運諸空際，蓋亦深得飛卿暗使神理者也。飛卿歌詩，所資景物，每撮要比綴，不藉虚辭，或二事相次，略其屬語；夢窗制詞，妙擅斯秘，故其所成，獨爲綿密，而其召議，亦坐是也。夢窗煉詞，特好隱代，蓋隱代爲詞，誌在擬喻，殆亦詩之比義，顧明暗有殊耳。然其融渾所至，則如玉柄素指，神光交映，莫辨虚實，蓋極爐錘之功矣。其章句之間，每略屬辭，曲折虚際，貌觀上下，若不相蒙屬，然内實一貫，脈理潛通，非潛心細繹，難得其意，但人苦解索，乃真信爲不成片段耳。而其一句之中，多節虚字，夫辭句明暢，常資虚語，亦必幻入一層，臻於微妙。要爲窮極妍工，其誌固一也。其使用典故，必融而後出。禹穴云：「雁起青天，數行書似藏舊處」。又云：「空梁夜深飛去」。春雪云：「凍澀涼簫，漸入東風

郢調」。落梅云：「南樓不恨吹横笛，恨曉風千里關山」。或取融當前，或反貼現景，或虚點以切題，或翻折其本意，固知君特於此，亦復變化多方矣。至若隱化人名，頗見妙思，顧偶爾戲筆，未足崇爲典要也。其慢曲巨製，開闔閎闊，洪濤巨浪，兼容淪漪，起伏瀠洄，殊形異狀，天光雲影之觀，介存殆謂斯歟？夢窗述景，意象蒼茫，湖山盡摇落之情，光景余無多之恨，吟撫當前，若俯仰而皆非者，身世家國之感，蓋無往而不深焉。綜論夢窗，蓋有奇至。夫密則易凝，闊則易疏，而能挾壯闊之境，敷綿密之辭，灝瀚其中，紛縟其外，固融南北之精英，合兩端之極致，其炳蔚詞林，猗歟偉矣！然玉田卓識，猶肆醜詆者，殆夢窗奇烈，横披一世，而學步之徒，才氣不逮，率病雕琢，玉田後起，意存補救，故懲其巨魁，不惜偏激爾。

餘論

右論諸氏，悉以正宗，然斯文所昌，猶多巨室。或妙擅一偏，堪爲輔亞；或自拓疆宇，別樹風聲；而擯從闕如，能無憾乎？爰撮要略，次諸篇末。

北宋名公，並饒雅趣，希文君實，亦解倚聲，然各見數闋，未足名家。歐晏而外，殆惟張先乎？子野情致高迴，故清脆而深雅，凝采端麗，殆真色之生香，曼曲特多，堪匹三變，而直敍當前，了無異觀，故止庵謂爲偏才，蓋秦柳之先驅，而歐晏之儔亞也。下此以往，賀鑄方回，實際秦周，情思沈鬱，語多幽苦，時雜壯概；而艷字香辭，多采晚唐，或挹楚騷，盛麗精工，固已占耀君特之前，然輕靈生疏，猶未失北代高致也。

東坡以邈世高姿，遊戲爲詞，一洗綺粉，獨揚清標；兄弟朋友之間，離群索居之感，下至桑麻花鳥之趣，村姑田婦之情，莫不放懷直寫，迥見胸襟，詞體既尊，詞境遂大矣。而世言東坡，輒目豪放，蓋溺於俗傳數闋，故爲此一概之論也。吾謂其詞，清雄高曠，其庶幾乎！夫清繫之辭，雄存乎氣，高主夫意，曠見諸情，然惟情曠氣雄，故豪放歸焉。蓋氣雄出諸傑才，情曠由於深養，皆有自得於中，非徒浮任乎外，故不得第雲豪放也。若其忘身安危，通懷今古，遺世花鳥之間，適性形骸之外，皆自然溢發，悠揚言表，豈矯誌虚使者所得幾乎？若乃託詠石榴，寓嘆楊花，意既高渾，辭復婉絶，東坡天人，可得衡度哉？自是以降，詞道別昌，步趨之徒，爭託豪放：即事述懷，顯言直致，然才學不任，適得淺率。迨南度而後，稼軒步武，挹其清風，暢以豪氣，遂極斯流之異觀焉。稼軒爲詞，舉凡故籍成言，縱情裁綴，前行往載，役使充篇；信由才氣横溢，力足包舉，故能懾奪人心，回其矚聽也。稼軒丁艱屯之運，懷王霸之才，仗義南來，不得竟用，是以胸懷抑鬱，磊落英多，如急湍奔瀨，激石雷驚，誠乃真情實勢，迸激而發，自成慷慨耳！然其詞雖發越，意實蘊藉，觀其寄慨李廣，託志淵明，或望落雁而嚮空弦，或對殘夢而懷江山，老驥伏櫪之情，廉頗用趙之志，皆沉斂於中，而唱嘆

言外，豈虛飾放言，流爲漫衍者哉？其長調之中，亦有别饒俊婉者，此於稼軒，殆爲别調。觀其博山道中，戲效易安，固知柔媚之音，蓋能而不欲耳。至於小令之中，或騁視聽於原野，或寄閑情於細物，清曠之致，殆同東坡矣。若其篇什之富，罕能匹敵，而一章之成，或數十易稿，是其豪邁之唱，非徒率爾而致，則其勢籠南朝，豈儻然哉！蓋南渡詞人，鮮不承其衣被：或襲其豪雄，或追其清俊，惟白石獨得清俊，自拓宗風，奕世相傳，以終南宋。夫豪雄必由性至、清俊可以力追，斯稼軒而後，白石所以獨昌也。又白石諸家，體尚雋雅，盡滌鉛朱，雖詠閑情，言皆清遠，神貌所具，判異北朝，然其脱胎，皆自辛氏，乃知由北開南之説，周氏信而非誣矣。

堯章脱胎稼軒，變雄健爲清剛，變馳驟爲疏宕（周濟語）。而思致空靈，氣韻超逸，是以自成高格，獨饒天趣，冷月千山，殆詞境之自謂矣。其暗香疏影，立意即離之間，使事粘脱之際，故清虛騷雅，稱爲千古絶調也。至於「月冷龍沙」（翠樓吟）一闋，亂之稼軒，何以區辨？他若次韻稼軒諸作，恣筆揮灑，豈復白石本制？則二家消息，於是可通矣。邦卿辭句警練，鬥奇競新，雖氣度深婉，而結體綺疏，是以世之一論者，或附庸於清真，或比肩乎白石，至於詠物之作，曲盡神態，言時之制，具見風物，並清新俊雅，蓋詞林之珍秀也。公謹有夢窗之麗而遜其深，有碧山之清而乏其情，有玉田之概而無其氣，徒以刻鏤藻繪，貌飾清妍，而遐舉之誌，超然之思，邈無可尋，殆詞家之鄉愿矣夫！中仙以精雅之筆，抒懇摯之思，其意沈鬱，其味醇厚，其言清峭，其氣妍和，雅正之音，殆爲兩宋絶響，雖云時勢屯蹇，感慨滋深，然非情性高潔，其孰能致此乎？叔夏宗奉白石，揭櫫清空，然琢磨句意，時見斧痕，使用典實，常苦窒礙。雖時有佳言，奇俊堪賞，而意盡言中，細味索然，白石靈趣，渺焉莫追，惟意境蒼涼，情辭激楚，湖山滄桑之恨，身世萍梗之悲，隨遇輒發，嗚咽零亂，而氣象衰颯，語咸頹廢，抑時運就衰，莫能復起與？其餘諸子，竹山竹屋，蒲江西麓，並各負盛名，炫播當世。竹屋雖有清致，然乏深思，竹山粗率纖艷，了無足取；而蒲江西麓，並鮮佳制，俱無稱焉。

昔止庵學詞，數易好惡，造詣稍殊，是非移焉。夫兩宋之詞，名制云蒸，況在淺嘗，遑云别味？但量其微知，取定今日而已。至若詮品所言，或抒寫一得，或裁取衆議，不更標舉，蓋絶辭費，固亦實齋言公之意耳。若乃叔原輯詞，補亡名編，名詞佳章，同有今古，苟達斯旨，則物我云云，不更堪笑乎？

附

胡國瑞小傳

胡國瑞，字芝湘，一九〇八年出生於湖北省當陽縣。一九三六年畢業於武漢大學中文系。歷任鄂西及川東各公私立中學國文教員十年。一九四六年回武漢大學中文系，歷任講師、副教授、

教授。曾任武漢大學校務委員，中文系三至九世紀文史哲研究所副所長，文學研究室主任。又曾任中國屈原學會副會長，中國唐代文學會副會長、中國蘇軾學會副會長、湖北省文學學會會長。生平教學及科研着重於魏晉南北朝文學、唐詩及唐宋詞，著有《魏晉南北朝文學史》，《湘珍詩詞稿》、《詩詞賦散論》及《論陸機在兩晉及南北朝的文學地位》等篇。

圖書在版編目(CIP)數據

胡國瑞集／胡國瑞著，－上海：上海文藝出版社.2008.9

ISBN 978-7-5321-3336-9

I.胡… II.胡… III.①胡國瑞－文集②文學史－中國－魏晋南北朝時代③詩詞－作品集－中國－當代

Ⅳ.I209.35 I227

中國版本圖書館 CIP 數據核字(2008)第112639號

書名 胡國瑞集
著者 胡國瑞
書名題字 費新我
出品人 郟宗培
責任編輯 趙南榮
印制主管 居致琪
出版發行 上海文藝出版社
上海紹興路74號
電子信箱 cslcm@public1.sta.net.cn
網址 www.slcm.com
經銷 新華書店
印刷 金壇古籍印刷廠印刷
規格 1/16 印張62
版次 2008年9月第1版 2008年9月第1次印刷
標准書號 ISBN 978-7-5321-3336-9/I·2530
定價 450.00圓（全函四冊）

ISBN 978-7-5321-3336-9

9 787532 133369 >